# गुलज़ार

गुलज़ार एक मशहूर शायर हैं जो फ़िल्में बनाते हैं। गुलज़ार एक अप्रतिम फ़िल्मकार हैं जो कविताएँ, कहानियाँ लिखते हैं। बिमल राय के सहायक निर्देशक के रूप में शुरू हुए। फ़िल्मों की दुनिया में उनकी कविताई इस तरह चली कि हर कोई गुनगुना उठा। एक गुलज़ार-टाइप बन गया। अनूठे संवाद, अविस्मरणीय पटकथाएँ, आसपास की ज़िन्दगी के लम्हे उठाती मुग्धकारी फ़िल्में। *परिचय, आँधी, मौसम, किनारा, ख़ुशबू, नमकीन, अंगूर, इजाज़त*—हर एक अपने में अलग।

1934 में दीना (अब पाकिस्तान) में जन्मे गुलज़ार ने रिश्ते और राजनीति—दोनों की बराबर परख की। उन्होंने *माचिस* और *हू-तू-तू* बनाई, *सत्या* के लिए लिखा—*गोली मार भेजे में, भेजा शोर करता है...*।

कई किताबें लिखीं। *चौरस रात* और *रावी पार* में कहानियाँ हैं तो *गीली मिट्टी* एक उपन्यास। *कुछ नज़्में, साइलेंसेस, पुखराज, चाँद पुखराज का, ऑटम मून, त्रिवेणी, पाजी नज़्में* वगैरह में कविताएँ हैं। बातों-मुलाक़ातों की किताबें *बोसकीयाना* और *जिया जले* भी हैं। बच्चों के मामले में बेहद गम्भीर। बहुलोकप्रिय गीतों के अलावा ढेरों प्यारी-प्यारी किताबें लिखीं जिनमें कई खंडों वाली *बोसकी का पंचतंत्र* भी है। *मेरा कुछ सामान* फ़िल्मी गीतों का पहला संग्रह था, *छैंया-छैंया* दूसरा, *गुनगुनाइए* नया संग्रह है। *खराशें, आस-पड़ोस, पाँसा* और *अरे...ओ हेनरी* नाट्य-पुस्तकें हैं। *मीरा, ख़ुशबू, आँधी* और अन्य कई फ़िल्मों की पटकथाएँ लिखीं। *मंज़रनामा* सीरीज़ में सभी के मंज़र प्रकाशित हैं। *सनसेट प्वॉइंट, विसाल, वादा, बूढ़े पहाड़ों पर* या *मरासिम* जैसे अलबम हैं तो *फ़िज़ा* और *फ़िलहाल* भी। यह विकास-यात्रा का नया चरण है।

बाक़ी कामों के साथ-साथ *मिर्ज़ा ग़ालिब* जैसा प्रामाणिक टी.वी. सीरियल बनाया, कई अलंकरण पाए। सफ़र इसी तरह जारी है। चिट्ठी का पता वही है—बोस्कियाना, पाली हिल, बान्द्रा, मुम्बई।

गुलज़ार

# मौसम

मंज़रनामा

राधाकृष्ण पेपरबैक्स

पहला पुस्तकालय संस्करण
राधाकृष्ण प्रकाशन प्राइवेट लिमिटेड द्वारा
2016 में प्रकाशित

राधाकृष्ण पेपरबैक्स में
**पहला संस्करण :** 2016
**तीसरा संस्करण :** 2025



---

**राधाकृष्ण पेपरबैक्स :** उत्कृष्ट साहित्य के जनसुलभ संस्करण

---

राधाकृष्ण प्रकाशन प्रा. लि.
जी-17, जगतपुरी, दिल्ली-110 051
द्वारा प्रकाशित

**शाखाएँ :** अशोक राजपथ, साइंस कॉलेज के सामने, पटना-800 006
पहली मंजिल, दरबारी बिल्डिंग, महात्मा गांधी मार्ग, प्रयागराज-211 001
1, अनमोल सोराबजी सन्तुक लेन, धोबी तलाव, मरीन लाइंस, मुम्बई-400 002
वेबसाइट : www.radhakrishnaprakashan.com
ई-मेल : info@radhakrishnaprakashan.com

विकास कंप्यूटर एंड प्रिंटर्स
ट्रॉनिका सिटी-201 102
द्वारा मुद्रित

**मूल्य :** ₹199

MAUSAM
*by* Gulzar

ISBN : 978-81-8361-809-0

# दीबाचा

जो नज़र आता है, उसे मंज़र कहते हैं और मनाज़िर में कही गई कहानी का नाम मंज़रनामा है। अंग्रेज़ी में इसके लिए दो अल्फ़ाज इस्तेमाल होते हैं : एक स्क्रीनप्ले है, दूसरा सिनेरिओ (Scenerio)। दोनों तक़रीबन एक-से हैं लेकिन स्क्रीनप्ले में 'डिज़ॉल्व' और 'कट' और दूसरी तकनीकी हिदायतें भी लिख दी जाती हैं, जो डायरेक्टर की मदद करती हैं। इसमें 'सेट' यानी 'महल वक़ू' और मंज़र का वक़्त भी दर्ज किया जाता है। (यानी मंज़रनामा सुबह, शाम, रात या दोपहर, किस वक़्त का है) ये तफ़सीलात डायरेक्टर के लिए तभी ज़रूरी होती हैं, जब वह स्क्रीनप्ले को फ़िल्माता है, वरना ये तकनीकी हिदायतें पढ़ने में रुकावट पैदा करती हैं। इसलिए आम क़ारी के पढ़ने के लिए सिनेरिओ ही ज़्यादा मौज़ूँ है, ताकि वह उसे एक नॉवल की सूरत बिना किसी रुकावट के पढ़ सके। इसी का नाम मंज़रनामा है।

अदब में मंज़रनामा एक मुकम्मल फ़ॉर्म भी है, जिसकी पहली मिसाल जो मेरी नज़र में गुज़री, वह डी. सैका का मंज़रनामा 'अमरीका अमरीका' था। इस डायरेक्टर ने वह मंज़रनामा पहले लिखा, शाया किया और बाद में इस पर फ़िल्म बनाई। अदब में बहुत-से मुसन्निफ़ हैं जो अपने नॉवल भी तक़रीबन मंज़रनामे की शक्ल में लिखते हैं। शरतचन्द्र के बेशतर नॉवल इस फ़ॉर्म के बहुत क़रीब हैं।

ये मंज़रनामे पेश करने का एक मक़सद क़ारी को इस फ़ॉर्म से मुतारिफ़ करना भी है और दूसरे यह कि टी.वी. और सिनेमा से दिलचस्पी रखनेवाले शायक़ीन यह देख सकें कि नॉवल को किस तरह मंज़रनामे की शक्ल दी जाती है। मेरे लिए यह एतराफ़ करना ज़रूरी है कि मैं मंज़रकशी पर किसी महारत का दावेदार नहीं—कोई दूसरा

डायरेक्टर या मुसन्निफ़, हो सकता है, मुझसे बेहतर मंज़रनामा तख़लीक कर ले!

मंज़रनामा का अन्दाज़े-बयान अमूमन ओरिजिनल कहानी से अलग हो जाता है इसलिए वह अस्ल कहानी या नॉवल या सवानह उमरी का Interpretation बन जाता है, जिसकी मिसाल चन्द मशहूर फिल्मों से दी जा सकती है, जैसे–'अनारकली' और 'मुग़लेआज़म' एक ही ड्रामे को माखूज़ किए गए हैं। 'देवदास' जितनी बार बनी, और कई ज़बानों में बनी, उसका मंज़रनामा बदलता रहा। टी.वी. की आमद से मंज़रनामों की ज़रूरत में बहुत इज़ाफ़ा हो गया है। छोटे-छोटे अफ़सानों के मंज़रनामे भी लिखे जाने लगे हैं। अहमद नदीम कासमी, राजिन्दर सिंह बेदी, भीष्म साहनी, मुंशी प्रेमचन्द और दूसरे बेशुमार अदीबों के अफ़सानों पर काम हो रहा है। बहुत-से सीरियल सीधे मंज़रनामों में लिखे जाते हैं। टी.वी. की फिल्मों के लिए चूँकि वक़्त की पाबन्दी (तवालत, Duration) का लिहाज़ रखना पड़ता है, इसलिए मंज़रनामों के लिए अक्सर अदब से लिये गए मशहूर अफ़सानों को कभी मुख़्तसर करना पड़ता है, कभी फैलाव देना पड़ता है।

मुझे उम्मीद है कि मेरी यह कोशिश दूसरों के लिए कारआमद साबित होगी और दूसरों के तजुर्बों से मुझे फ़ायदा होगा–कोई नई राह खुलेगी, कोई नई बात पैदा होगी।

# मौसम

## [1]

*दूर तक पहाड़ी का सिलसिला नज़र आ रहा था और उसमें गूँजता हुआ एक नग्मा पास और पास सुनाई दे रहा था :*

'दिल ढूँढ़ता है फिर वही फ़ुर्सत के रात-दिन
बैठे रहें तसव्वरे जानाँ किए हुए...'

*एक सफ़ेद कार इन पहाड़ी, बल खाते रास्तों से गुज़रती जा रही थी।*

'जाड़ों की नर्म धूप और
आँगन में लेटकर
आँखों पर खींचकर तेरे
आँचल के साये को
औंधे पड़े रहें, कभी
करवट लिए हुए
दिल ढूँढ़ता है, फिर वही फ़ुर्सत...'

*बर्फ़ीली पहाड़ियाँ, बहती नदियाँ। पहाड़ों की चोटी से बहता झरना जो नीचे जाकर तेज़ भागती नदी में शामिल हो रहा था।*

'या गर्मियों की रात जो पुरवइयाँ चलीं
ठंडी सफ़ेद चादरों पे जागें देर तक
तारों को देखते रहें
छत पर पड़े हुए
दिल ढूँढ़ता है, फिर वही फ़ुर्सत...'

*कार एक बँगले में आकर खड़ी हुई। उसमें से एक अधेड़ उम्र का आदमी उतरा, जिसको देखने से ही लगा, वह कोई बड़ा शख़्स है।*

*कुछ लोग उनकी पज़ीराई के लिए आगे आए। उसी वक़्त एक आदमी ने आगे बढ़कर दरवाज़ा खोला, जो सेक्रेटरी था, और वहाँ खड़े लोगों से तआरुफ़ कराया :*

''मिस्टर चावला, हमारे ईस्टर्न इंडिया के सबसे बड़े डिस्ट्रीब्यूटर।''

*चावला ने आगे बढ़कर हाथ मिलाया :*

''हैलो!''

*उस आदमी ने, जिसका नाम गिल है, जवाब दिया :*

''हैलो!''

*चावला ने अपने साथ खड़े आदमी से तआरुफ़ कराया :*

''डॉक्टर रमन बोस।''

*डॉक्टर ने हाथ आगे बढ़ाया :*

''हैलो...आपकी दवाइयों से ख़ूब पहचानते हैं आपको।''

"हाँ, उन्हीं से तो बदनाम हूँ।"

"वैसे जितने डॉक्टर दोस्त हैं हमारे, सब आपकी दवाइयाँ प्रिसक्राइब करते हैं।"

*चावला ने भी तारीफ़ की :*

"गिल्स मेडिसिन का तो सिक्का बैठा हुआ है मार्केट में।"

"मिस्टर चावला, आपका हेड ऑफ़िस कलकत्ता में है न?"

"जी हाँ। मैं तो सिर्फ़ आपके लिए इस कोठी का इन्तज़ाम करने आया था, बस..."

*सभी चलते हुए बँगले के अन्दर आने लगे। अमरनाथ गिल रुके...चावला आगे आकर बोला :*

"बाली साहब का फ़ोन आया था।"

"बाली साहब ने यह नहीं बताया कि मैं इन छुट्टियों में दवाइयों का नाम तक नहीं सुनना चाहता। आई वांट कम्प्लीट रेस्ट फ़्रॉम वर्क। फ़िज़िकल एज़ वेल एज़ मैंटल बिज़नेस के बारे में न कुछ कहना चाहता हूँ, न सुनना चाहता हूँ।"

*बँगले के अन्दर की डेकोरेशन और ख़ूबसूरती देखकर गिल ने पूछा :*

"किसकी कोठी है ये?"

"इंशा ईरानी एक पारसी दवाफ़रोश हैं कलकत्ता के। बम्बई में सेटल हो गए हैं।"

"बड़ी ख़ूबसूरती से मैंटेन कर रखा है।"

"जी, पारसियों की यही तो ख़ूबसूरती है। सौ-सौ साल गुज़र जाएँ पर उनका वाल पेपर ख़राब नहीं होता।"

*गिल घर के अन्दर बढ़े ही थे कि एक नौकर ने आगे बढ़कर उनको नमस्ते किया :*

''नमस्ते साहब...नमस्ते!''

*चावला ने बताया :*

''सुना है, आपको खाने-पीने का बहुत शौक़ है इसलिए आपके लिए महाराज जी का इन्तज़ाम किया है। बहुत अच्छा खाना बनाते हैं।''

*गिल बेडरूम में पहुँच गए। पास रखे रेडियो को चला दिया। उस पर भी गिल कम्पनी का एड आ रहा था :*

'गिल मेडिसिन की जुड़वाँ गोलियाँ पानी से लीजिए या दूध से...सर्दी, खाँसी या जुकाम फ़ौरन आराम...'

*गिल ने रेडियो को बन्द कर दिया।*

''यहाँ भी मेरा पीछा नहीं छोड़तीं ये दवाइयाँ।''

*डॉक्टर रमन ने कहा :*

''आपकी ही ईजाद की हुई दवा है डॉक्टर गिल!''
''हाँ, मैं कहाँ इनकार कर रहा हूँ। वही तो कह रहा हूँ, मेरे किए हुए कर्म मेरे पीछे लगे हैं। छोड़ते ही नहीं।''

*गिल टहलते हुए पास की खिड़की पर पहुँचे और वहाँ से पहाड़ों को देखने लगे जो बर्फ़ से ढके हुए थे। गिल ने बेसाख़्ता तारीफ़ की :*

''ब्यूटीफ़ुल!''

*चावला ने पूछा :*

"आप दार्जिलिंग में पहली बार आए हैं?"

"नहीं, एक बार पहले भी आ चुका हूँ। बहुत साल पहले। क़रीब पच्चीस साल हुए। डॉक्टरी का इम्तहान देने से पहले...बल्कि एक एक्सीडेंट हो गया था।"

"एक्सीडेंट?"

"जी, एक लड़की से इश्क़ हो गया था।"

"हो जाता है डॉक्टर साहब, जवानी में...हमारा भी हो गया था।"

"उसी से...?"

"जी हाँ...नहीं...नहीं, हिल स्टेशन पर हो गया था। उसी के तीन बच्चों का बाप हूँ।"

"नहीं-नहीं, हमने ऐसी कोई हरकत उसके साथ नहीं की।"

"इसलिए आप बच गए, और हमें शादी करनी पड़ी।"

*सभी लोग बात करते हॉल में आ गए। तभी घर का नौकर बाहर से सामान लाता हुआ नज़र आया। गिल ने पूछा :*

"सुनो।"

"जी, साहब!"

"क्या नाम है तुम्हारा?"

"मंगल सिंह साहब।"

"मंगल सिंह साहब?"

"साहब नहीं, साहब। मंगल सिंह।"

"देखो, किसी से कहकर कुर्सियाँ बाहर रखवा दो। हम वहीं बाहर बैठेंगे।"

"जी, साहब!"

*डॉक्टर रमन गिल के सामने आए :*

''डाक्टर साहब, मैं इजाज़त चाहता हूँ। अस्पताल में कुछ काम है।''

''मिस्टर चावला, आप भी चलिए, कोई तकल्लुफ़ की ज़रूरत नहीं। मैं नहा-धोकर रेस्ट करता हूँ।''

''आप आराम कीजिए, हम शाम को मिलते हैं। आपको किसी चीज़ की ज़रूरत हो...ये कार्ड मेरा रखिए।''

*सभी चले गए। गिल फिर उसी खिड़की पर पहुँचे और बर्फ़ से ढकी वादियों का नज़ारा करने लगे।*

## [2]

*दूसरे दिन सुबह-सुबह गिल का ड्राइवर गाड़ी पर पानी डालकर सफ़ाई कर रहा था। लॉन में कुर्सियों पर कम्बल ओढ़े बैठा गिल का सेक्रेटरी अख़बार पढ़ रहा था। उसने ड्राइवर को टोका :*

''अरे ध्यान सिंह!''

''हाँ जी?''

''क्यूँ सुबह-सुबह ठंडा पानी डाल रहा है गाड़ी पर? मुझे तो देख-देख के ठंड लग रही है। तुझे कुछ नहीं होता?''

''अभी से धो लूँ तो अच्छा है। साहब ने उठते ही कह दिया, गाड़ी निकालो तो क्या करूँगा?''

''ये कलकत्ता नहीं, दार्जिलिंग है और छुट्टी पर आएँ हैं गिल साहब। इतनी जल्दी नहीं उठेंगे।''

"कल से तो सचमुच यही हाल है।"
"ग्यारह बजे तक तो मैं ही इन्तज़ार करता रहा।"

*घर के अन्दर से महाराज आया और सेक्रेटरी से पूछा :*

"साहब नाश्ता करेंगे?"
"आज बहुत हैवी नाश्ता करेंगे। कल से कुछ नहीं खाया है साहब ने।"
"कब करेंगे?"
"जब उठ जाएँगे बड़े साहब।"
"बड़े साहब तो सुबह-सुबह उठकर बाहर चले गए!"
"क्या...?"
"हाँ!"

## [3]

*पहाड़ी सड़क की चाय की दुकान पर बैठे डॉक्टर गिल चाय पी रहे थे और दुकानदार से बात भी जारी थी, जब वे पच्चीस साल पहले यहाँ आए थे। यहाँ के बारे में अपनी याददाश्त कुरेदने में लगे थे :*

"अब तो बहुत बदल गया है ये हिल स्टेशन। बहुत साल पहले मैं जब यहाँ आया था, इतनी कारें नहीं हुआ करती थीं यहाँ। सिर्फ़ रिक्शे ही चला करते थे।"
"अभी तो सीज़न भी नहीं है साहब! जब सीज़न आएगा तो इतना रश होगा कि साहब...लोगों को रहने के लिए जगह नहीं मिलती।"
"उस वक़्त किसी के यहाँ भी पेइंगगेस्ट की जगह

मिल जाया करती थी। मैं ख़ुद...एक ठेकेदार थे मिस्टर जोत...जोतपाल...''

''अच्छा।''

''उनके यहाँ ठहरा था। कमरे का किराया, पता है क्या था, सात रुपए!''

''लेकिन साहब, वो तो अब सपनों की बात हो गई है।''

''इस जगह की शक्ल ही कुछ और हुआ करती थी...वो जो टाल है न लकड़ीवाली?''

''जी हाँ...''

''वहाँ एक वैद्य की दुकान हुआ करती थी।''

''आप कब आए थे यहाँ?''

''बहुत साल पहले की बात कर रहा हूँ।''

''लेकिन ये टाल हम बहुत बरस से ऐसे ही देख रहे हैं।''

''मैं उससे भी पहले की बात कर रहा हूँ।''

''आपको ग़लती हो रही है।''

''नहीं, मैं इस जगह के बारे में ग़लती नहीं कर सकता। उससे थोड़ा आगे जाके सीढ़ियाँ हैं न, जो बाज़ार में उतरती हैं?''

''जी हाँ।''

''फिर तो ये वही जगह है।''

''यहाँ तो वैद्य की दुकान कभी भी नहीं थी। हम तो टाल ही देख रहे हैं। हम तो...''

*पास बैठा दूसरा ग्राहक उनकी बातें सुन रहा था। बोल पड़ा :*

''थापा वैद्य की बात करते होंगे साहब।''

*यह सुनकर तेज़ी से उसकी तरफ़ डॉक्टर गिल मुड़े :*

"हाँ-हाँ, वही थापा—हरीहर थापा।"
"उनको मरे-खपे युग बीत गए साहब!"
"लेकिन ऐसे बूढ़े तो नहीं थे वो?"
"बूढ़ा होते वक़्त लगता है साहब? ग़म लग जाए तो देखते-देखते आदमी बूढ़ा हो जाता है।"
"ऐसा कौन-सा ग़म लग गया था उन्हें?"
"बेटी का ग़म। यह बहुत बुरा ग़म होता है साहब! जवान बेटी थी उसकी। भला सा नाम था उसका..."

*गिल के चेहरे पर उदासी छा गई और कहा :*

"चन्दा।"
"हाँ, चन्दा। बड़ी अच्छी याददाश्त है आपकी।"
"फिर?"
"शादी नहीं करती थी।"
"क्यूँ...?"
"कहती थी, कोई डॉक्टर लेने आएगा उसे।"

*यह सुनते ही गिल के चेहरे पर सोच की परछाइयाँ रेंग गईं।*

"फिर?"
"कहाँ कोई आता है साहब! बिरादरी में बदनाम हो गई। पता नहीं, कौन था, जुल देकर चला गया। वैद्य ऐसा लगा खटिया से, फिर खटिया के साथ ही उठा। मरते-मरते एक लँगड़े हरकारे को अपनी बेटी सौंप दी।"
"लँगड़ा...हरकारा...?"
"हाँ। नीचे नीली घाटी में रहता था। वहाँ एक करघा घर खुला था उन दिनों। सुना था, चन्दा भी वहाँ काम करती थी। बाप के मरने पर जब घर आई, एक बच्ची थी उसकी गोद में। पति नहीं आया। कुछ कहते थे, मर गया। कुछ कहते, छोड़ गया..."

*डॉक्टर गिल फ़िक्रमंद हो गए। वह चन्दा को जानते थे। एक पछतावा! उनके चेहरे पर रेंग गया। वह ग्राहक उठकर चला गया।*

## [4]

*उसी बाज़ार में डॉक्टर गिल जा रहे थे जहाँ कभी चन्दा से पहली बार मिले थे। उन्हीं यादों में खोए चले जा रहे थे। एक छड़ी बेचने वाले के पास गए।*

"ज़रा दिखाना।"

*एक-दो छड़ी देखने के बाद दुकानदार के पास पड़ी छड़ी के बारे में पूछा :*

"वो दिखाना।"
"वो मेरी है।"
"दिखाओ तो सही!"

*डॉक्टर गिल ने वही छड़ी ख़रीद ली और आगे बढ़ गए। अपर बाज़ार से लोअर बाज़ार पर जो सीढ़ी उतर रही थी, वहाँ रुक गए। आँखों में पच्चीस साल पहले की यादों की सरसराहट हुई :*

*जब अमरनाथ गिल यहाँ अपनी डॉक्टरी के इम्तहान की तैयारी के लिए आया था, तो कुछ किताबें लिये उसी सीढ़ी से उतर रहा था कि उसका पैर फिसल गया। वह वहीं दर्द से पंजे को थामकर बैठ गया। पास से एक लड़की ने गुज़रते हुए पूछा :*

"क्या हुआ?...गिर पड़े क्या?"
"हाँ...यहाँ से।"
"मोच आई है या चोट आई है?"
"पता नहीं...मोच आई है..."
"यहाँ पास में वैद्यजी हैं, उनसे लेप करा लो, ठीक हो जाओगे।"
"अच्छा!"
"बहुत अच्छे वैद्य हैं–हाँ!"

*चन्दा यह कहती हुई वहाँ से चल दी। गिल उठा और लँगड़ाता हुआ चल पड़ा।*

[5]

*एक वैद्यजी अपने घर में कुछ गुनगुनाते जा रहे थे और दवाई भी बना रहे थे कि किसी के आने पर सिर उठाकर पूछा :*

"ले आई पत्तियाँ? कौन-कौन सी मिलीं?"

*वही लड़की, जो गिल से बाज़ार में मिली थी, उसने जवाब दिया :*

"बेल और धतूरे के पत्ते मिल गए। और एक मरीज़ भी मिला बाबा, उसके पैर में मोच आ गई है। अभी आएगा, लेप कर देना। वो बाज़ार की सीढ़ियाँ हैं न, तो वहीं से गिर पड़ा।"

*कहकर चन्दा हँसने लगी।*

"खुद ही गिर पड़ा कि तूने धक्का दिया था?"
"मैं क्यूँ धक्का देती?"

"क्या पता...अपने बाबा के व्यापार में मदद जो कर रही हो!"

"आहा...कोई गिर पड़ा तो मैंने धक्का दिया? पता नहीं क्या समझते हैं!"

*यह कहकर चन्दा कमरे में चली गई, और बाबा मुस्कुराते हुए गुनगुनाने लगे।*
*बाहर के दरवाज़े से गिल लँगड़ाता हुआ घर में आया।*

"आओ...आओ...आ जाओ। मोच आ गई पाँव में?"

"जी हाँ, ऐसा ही लगता है।"

"बैठो-बैठो...

चूक भई दो नैन से ठोकर खा गए पाँव,
मूर्ख मुखिया भूल करे, और भुगते सारा गाँव।

"लाओ, पाँव दो...तो बाज़ार की सीढ़ियों से फ़िसल पड़े?"

"जी हाँ..."

*वैद्यजी गिल के पैर का मुआयना भी कर रहे थे और बात भी करते जा रहे थे :*

"कोई बात नहीं, बैठ गई। कहीं टखना उतर जाता तो मुश्किल हो जाती। चन्दा, अन्दर से ज़रा तारपीन का तेल ले आ।"

"गर्म करके ला रही हूँ बाबा! हल्दी भी लाऊँ, तेल डाल के?"

"वो भी ले आ। देखा, मरीज़ के आने से पहले ही दवाई की तैयारी शुरू हो गई!"

"आप जोतिष-वोतिष का चक्कर भी जानते हैं क्या?"

*गिल हँसकर बोला।*

"हाँ, जानता हूँ।"

*कमरे के अन्दर से चन्दा दवाई (लेप) लेकर आई, जिसे देखकर गिल पहचान गया।*

"अच्छा...अच्छा...इसलिए आपको पहले से पता चल गया!"

"देखा, ये है मेरी जोतिष! सारे शहर की ख़बर रखती है। कहाँ से आए हो?"

*लेप लगाते हुए पूछा।*

"कलकत्ता से।"

"नाम क्या है?"

"अमरनाथ।"

"क्या करते हो?"

"डॉक्टरी पढ़ रहा हूँ। आख़िरी साल है इसीलिए तैयारी के लिए यहाँ आया हूँ।"

"देखो...

काम करे सो सोंठ करे, और कुछ करे अफ़ीम,
करमों की गती पुरानी भुकते, थैले भरे हकीम!"

*वैद्यजी हर बात में एक दोहा सुना देते, जो बड़ा सटीक-सा बातचीत का एक हिस्सा होता है।*

"अगर पैसा कमाने की भावना न हो मन में, तो इस जैसा कोई काम नहीं है। अमरनाथ...अमरनाथ क्या?"

"गिल..."

"हाँ, गिल, ऐसी प्रसन्नता मिलती है इस सेवा से कि कुछ पूछो मत...पूजा जैसा काम है।"

“जी, इसीलिए तो डॉक्टरी पढ़ रहा हूँ।”

“तो शहर में खोलोगे दवाख़ाना? गाँव में तो चलेगा नहीं।”

“क्यूँ?”

“अरे, इतनी महँगी दवाएँ कहाँ बिकेंगी अमरनाथ...?”

“गिल।”

“हाँ-हाँ, गिल। यहाँ तो हमारी जड़ी-बूटियाँ ही चलेंगी :

पुन्य कमाए कीकरी, और पीपल दान करे!
जंगल जैसा वैद्य कहाँ, जो सबका ध्यान करे!!”

“एक बार ये विद्या सीख लूँ बाबा, मन की भावना आपसे सीखूँगा।”

“रहते कहाँ हो यहाँ?”

“वो जो ठेकेदार जोतपाल की कोठी है न, वहीं रहता हूँ। बहुत नज़दीक है यहाँ से।”

*पास बैठी चन्दा ने पट्टी दी :*

“बाबा, पट्टी।”

“अच्छा-अच्छा, जोतपाल की बाड़ी में रहते हो?”

“जी हाँ।”

“वो तो वैसे ही साल भर में दस महीने ख़ाली पड़ी रहती है। खाना कहाँ खाते हो?”

“ढाबे में।”

“ढाबे में? छी-छी-छी! विद्यार्थी होकर ढाबे में खाना खाते हो? अरे भाई, अव्वल कैसे आओगे? नहीं- नहीं, आज से तुम हमारे यहाँ खाओगे, क्यूँ चन्दा?”

“जी, शुक्रिया...कितने पैसे?”

“नहीं-नहीं, रहने दो, पहले ठीक तो हो जाओ अमरनाथ...”

“गिल।”

"हूँ, पैसे बाद में लेंगे। हाँ, रात में जब खाना खाने आओगे, तब पट्टी बदल दूँगा।"

"अच्छा, शुक्रिया!"

*गिल अपनी किताबें लेकर जाने के लिए दरवाज़े पर पहुँचते-पहुँचते लड़खड़ा गया और गिरने लगा।*

"सँभल के, सँभल के! मेरी छड़ी लेते जाओ। चन्दा, ये छड़ी दे।"

*चन्दा छड़ी देने गई गिल को। गिल के एक हाथ में जूता, दूसरे में किताबें। अब छड़ी कैसे पकड़े?*

*चन्दा ने कहा :*

"शाम को याद से ले आना।"

"जी हाँ।"

*गिल छड़ी के सहारे चला गया। चन्दा वापस बाबा के पास आ गई।*

## [6]

*शाम का वक़्त। वैद्यजी खाना खा चुके थे। चन्दा गिलास में पानी लेकर आई और बाबा से कहा :*

"बाबा, वो मोचवाला तो आया नहीं। उसका खाना बकरी को डाल दूँ?"

"क्यों?...बकरी का चारा तू खाएगी?"

"मैं कोई जानवर हूँ जो बकरी का चारा खाऊँगी?"

"तो उसका खाना बकरी को क्यों डालेगी?...क्या

मोच आई है बकरी को?"
"इसमें मोच का क्या सवाल है?"

*चन्दा जूठी थाली लेकर किचन में आई।*

"...धर्म-खाते में लगे रहते हो! गाँव वालों से पैसे नहीं लेते कि गाँव वाले हैं। बाहर का एक मिला था, वो भी विद्यार्थी निकला। विद्यार्थी न हुआ, पता नहीं क्या होगा! ऐसे फोकट में सबका इलाज करते रहे, तो कैसे चलेगा? कल को शादी करनी है मेरी, तब क्या होगा?"
"नहीं करेंगे।"
"पक्की बात है, वचन देते हो?"
"वचन तो दे दूँ, पर सारी उम्र इस सरदर्द को कौन पालेगा?"
"अब मैं सरदर्द हूँ? जब चली जाऊँगी तब? ऐसा कोई नहीं मिलेगा, जड़ी-बूटियाँ ढूँढ़ने वाला! खुद जाया करना...जंगल में।"
"सुनो चन्दा, मैं देख आता हूँ अमरनाथ को। यहीं पास में तो रहता है, जोतपाल की बाड़ी में।"
"कोई ज़रूरत नहीं। मैं हंस के यहाँ जा रही हूँ, देख लूँगी...पैसा-धेला तो मिलता नहीं, उलटे छड़ी लेकर चला गया।"

**[7]**

*अमरनाथ गिल छड़ी उठाकर उसके सहारे से उठने की कोशिश कर रहा था। उसने देखा, दरवाज़ा धीरे से खुला, चन्दा झाँक रही थी। गिल ने कहा :*

"अरे, तुम? आओ, अन्दर आ जाओ!"
"तुम आए नहीं खाना खाने? बाबा रास्ता देख रहे थे।"
"नहीं आ सका...बुख़ार है, और ये पाँव भी सूज गया है।"
"ओह! कुछ भी नहीं खाया?"
"नहीं, भूख ही नहीं है। दूध गर्म किया है, वही पी लूँगा।"
"तुम बैठो, मैं ला देती हूँ। कहाँ रखा है दूध?"
"वहाँ रसोई में।"

*चन्दा किचन में गई। पतीली से दूध लिया, और गिलास में डालकर अमरनाथ के पास लेकर आई।*

"इस वक़्त दूध पी के सो जाओ। बाबा से कहूँगी, कल आकर पट्टी कर जाएँ।"

*गिल हाथ से छड़ी रखने लगा कि दूध का गिलास पकड़ ले। चन्दा ने छड़ी पकड़ ली। उसकी नज़र अपने बाबा की छड़ी पर थी।*

"अरे हाँ, तुम्हारे यहाँ थर्मामीटर है?"

*चन्दा गाँव की लड़की थी, उसको थर्मामीटर क्या होता है, कुछ पता नहीं था।*

"क्या है?"

*वह समझाते हुए हाथों से बोला :*

"वो...थर्मा..."
"क्या चीज़?"

"वो...एक काँच की ट्यूब होती है।"
"क्या होती है?"
"ट्यूब...नली। काँच की नली होती है। उसके नीचे की तरफ़ मरक्युरी होता है।"
"क्या होता है?"
"मरकरी का मतलब...हाँ, पारा...पारा होता है। उसको मुँह में लगाने से टेम्प्रेचर...नहीं, बुख़ार का पता चलता है।"

*चन्दा यह सुनकर हँस पड़ी।*

"इसमें हँसने की क्या बात है?"
"बुख़ार देखने के लिए कोई नली होती है? हम तो छूकर बता देते हैं, बुख़ार कितना है।"
"अच्छा, छूकर बताओ, कितना बुख़ार है?"

*चन्दा ने अमरनाथ के माथे को छुआ और कहा :*

"...है, ज़्यादा नहीं। कल दवा लेकर आ जाऊँगी–बुख़ार के लिए।"
"कौन-सी टेबलेट हैं तुम्हारे पास?...ऐं, गोलियाँ कौन-सी हैं?"
"गोलियाँ-वोलियाँ नहीं, बनासपती फूल होते हैं न, उसको उबाल के काढ़ा बना दूँगी।"
"तुम ख़ुद अच्छी-ख़ासी वैद्य हो!"
"दिन-रात जड़ी-बूटियों में रहकर मेरी बकरी भी आधी वैद्य हो गई है, मैं नहीं हो सकती?"
"हूँ...हो सकती हो!"
"मैं जाऊँ?"
"हाँ, जाओ।"
"ये छड़ी ले जाऊँ?"

“नहीं, अभी रहने दो, मुझे ज़रूरत पड़ेगी।”

*चन्दा ने वहीं छड़ी रखी और चली गई।*

[8]

*वैद्यजी अपने घर पर एक मरीज़ को देख रहे थे। तभी चन्दा नाश्ता लेकर आई, और वैद्यजी के सामने रखा और खाने के लिए कहा :*

“बाबा, नाश्ता कर लो।”

*बाबा मरीज़ से कह रहे थे :*

“ये हैं गोलियाँ और ये है चूरन।”
“वो छड़ीवाले का क्या करना है?”
“तू ही चली जा। ये दवाई ले जा, और साथ में लेप भी लगा देना।”
“उससे छड़ी वापस ले लो, और पीछा छुड़ा लो। ये तो लेने के देने पड़ गए। एक तो रोग का पैसा नहीं, दूसरा और लगा लिया!”
“दे देगा...साथ में कुछ खाने को भी ले जाना।”
“लो...!”
“विद्यार्थी है, विद्यार्थी। देश का भविष्य होते हैं ये लोग।”
“देश का भविष्य कब होगा, पता नहीं, अभी हमारा भविष्य हो रहा है। ऐसी छड़ी पकड़ी है, छोड़ता ही नहीं है!”

## [9]

*अमरनाथ गिल अपने मोच वाले पैर की पट्टी खोल रहा था। चन्दा एक कटोरी में कोई लेप गर्म करके लाई थी लगाने के लिए। पास रखी बिखरी किताबों को एक तरफ़ रखते हुए कहा :*

"बाप रे, इतनी किताब पढ़नी होती है—डॉक्टर बनने के लिए?"

"और नहीं तो क्या?...ये वैद्यकी थोड़े है कि आदमी बकरी के पास बैठा और सीख गया!"

"मेरे बाबा को बकरी कहा?"

"नहीं, नहीं, मैंने बकरी को बाबा कहा...नहीं-नहीं, मेरा मतलब...तुमने ही तो कल कहा था कि बाबा बकरी के पास बैठ जाए...नहीं-नहीं...बकरी बाबा के साथ बैठ जाए, तो सीख जाए, कहा था न?"

"इतना आसान नहीं है। तीन सौ, पता नहीं कितने, हज़ार क़िस्म की जड़ें हैं, फ़ूल हैं, पत्ते हैं। एक-एक पत्ती पहचाननी पड़ती है, तब जाकर आदमी कुछ सीखता है। ऐसे थोड़े ही किताब पढ़ लिया और इलाज कर लिया! ख़ुद क्यूँ नहीं करते अपना इलाज, तुम भी तो डॉक्टर हो?"

"ख़ुद ही कर लेता, लेकिन मुझे जो दवाइयाँ चाहिए, वो यहाँ नहीं मिलती हैं।"

"कहाँ मिलती हैं?"

"कलकत्ता में।"

"तो वहीं गिरना था, यहाँ क्यूँ गिरे?"

*यह सुनकर गिल हँस पड़ा। उसके एक*

*हाथ में छड़ी थी। चन्दा लेप लगाकर पट्टी बाँध चुकी थी। उसकी नज़र छड़ी पर पड़ी।*

"कलकत्ता में छड़ी नहीं मिलती?"
"नहीं, मैं यही ले जाऊँगा।"
"तीन रुपए की ली थी बाबा ने...कोई पेड़ से नहीं काटी थी।"

*चन्दा ग़ुस्से से कहकर चली गई।*

## [10]

*वैद्यजी ने अपना हाथ धोकर, अँगोछे से पोंछते हुए चन्दा से कहा :*

"क्यूँ भई चन्दा, खाना लगा?"

*तभी उनकी नज़र बाहरी दरवाज़े पर पड़ी, अमरनाथ गिल घर में दाख़िल हो रहा था। वैद्यजी ने कहा :*

"आओ, आओ...नमस्ते...अरे भाई, तुम्हारी तो चाल ही भूल गया था मैं। इतने दिनों से देखा भी नहीं न!"
"दरअसल मैं अपनी चाल भूल गया था।"
"अरे भाई, इनके लिए भी थाली लगा देना। आओ, बैठो। अच्छा, ये बताओ, अब तबीयत कैसी है तुम्हारी?"

*चन्दा एक थाली में खाना लेकर आई और बाबा के सामने रख दी।*

"दर्द तो बिलकुल ठीक है। टेम्प्रेचर...(*चन्दा को सामने देखकर*) बुख़ार भी उतर गया है।"

*चन्दा थाली रखकर यों ही मुड़कर किचन में जाने लगी तो बाबा ने टोक दिया :*

"अरे...ओ चन्दा...चन्दा, इधर आओ, इधर आओ। मैं कहता हूँ..."

*लेकिन चन्दा किचन में चली गई थी और पलटी तो दूसरी थाली में खाना लेकर आई और गिल के सामने रखा। लेकिन वैद्यजी ने उसी अन्दाज़ में कहा :*

"ये क्या है...नमस्ते-वस्ते कुछ नहीं, मेहमान हैं तुम्हारे।"
"नमस्ते!"
"नमस्ते।"

*चन्दा वापस किचन में जाने लगी तो नजर छड़ी पर पड़ी और उसने उसे उठाकर दरवाज़े के पीछे छुपा दिया। वैद्यजी ने गिल से कहा :*

"खाओ।"

*दोनों ने खाना शुरू किया। वैद्यजी और गिल खाना खाते-खाते बातें भी कर रहे थे :*

"पढ़ाई कैसी चल रही है?"
"जी, ठीक चल रही है।"
"अव्वल आओगे न?"
"उम्मीद तो है।"
"साल में कितने मरीज़ मारोगे?"

"जी...जी?"

*वैद्यजी हँस पड़े। और हँसी में गिल भी शामिल हो गया।*

"अरे भाई, जाने वालों की क्या चिन्ता, आते-जाते रहते हैं पराणी। मर जाए तो आई थी उसकी, बच जाए तो वैद्य था ग्यानी।"
"बाबा, इस मन की भावना के साथ-साथ दोहे बनाना और सिखा दीजिए। ऑपरेशन करते हुए बोलता रहूँगा।"

*बोलते-बोलते चन्दा की तरफ़ देखा और फिर जल्दी से अंग्रेज़ी लफ़्ज़ 'ऑपरेशन' का मतलब बताया :*

"ऑपरेशन का मतलब–वो चीर-फाड़ होती है न... वो..."
"हाँ।"

*वैद्यजी ने कहा :*

"बस, मुझे तुम्हारी इस डॉक्टरी में ये चीर-फाड़ अच्छी नहीं लगती है। तुम भी करते हो?"
"सर्जरी में तो करनी ही पड़ती है।"

*पास खड़ी चन्दा ने पूछा :*

"किसमें करनी पड़ती है?"

*कुछ सोचकर गिल समझाने लगा :*

"सर्जरी...उसका कुछ नहीं होता है, सर्जरी ही होता है। बाबा, ये सर्जरी की विधि काफ़ी तरक़्क़ी कर रही है। अब तो डॉक्टर दिल तक बदल देते हैं।"

"अच्छा! हम तो विचारों से आदमी का दिल बदल देते हैं, क्यूँ चन्दा?"
"और नहीं तो क्या!"

*यह सुनकर गिल हैरत से सोचने लगा। वैद्यजी ने उसे सोचते देखकर पूछा :*

"खाओ...खाओ, अच्छा नहीं लगा क्या?"
"बहुत अच्छा है।"
"भई, जो भी रूखा-सूखा है, घर का ही तो बना है। सुनो, जब तक तुम यहाँ हो, हमारे मेहमान हो।"

*सभी लोग खाना खा चुके थे। गिल उठकर जाने लगा। दरवाज़े के पीछे चन्दा ने छड़ी छुपा दी थी। वह गिल ने उठा ली और लेकर जाने लगा। चन्दा यह देखकर बोली :*

"अरे, ये छड़ी कहाँ लिये जा रहे हो?"

*गिल ने ग़ुस्से से कहा :*

"दूँगा एक, चुप!"

*फिर बाबा की तरफ़ देखकर हँसते हुए कहा :*

"दस दिन से ये छड़ी के पीछे पड़ी है बाबा, मेरे पैर की फ़िक्र ही नहीं है इसे!"

*वैद्यजी पहले समझ ही न पाए, क्या हुआ, फिर समझकर हँस पड़े, और वे दोनों भी उन्हें देखकर हँस पड़े। चन्दा ने चुप साध ली और तीनों एक-दूसरे को देखने लगे।*

## [11]

*अमरनाथ गिल हाथ में छड़ी उठाए, गाना गाते हुए जा रहा था :*

'छड़ी रे छड़ी, कैसे गले में पड़ी
पैरों की बेड़ी, कभी लगे हथकड़ी
सीधे-सीधे रास्तों को, थोड़ा-सा मोड़ दे दो
बेजोड़ रूहों को हलका-सा जोड़ दे दो
जोड़ दो टूट न जाए साँसों की लड़ी
छड़ी रे छड़ी, कैसी गले में पड़ी...'

*गिल अपने में मगन छड़ी को कन्धे पर रखे गा रहा था कि पीछे से चन्दा ने आकर छड़ी उचक ली, और पीछे भागी और गाने लगी :*

'छड़ी रे छड़ी, कैसे गले में पड़ी
पैरों की बेड़ी, कभी लगे हथकड़ी
छड़ी रे छड़ी, कैसे गले में पड़ी!'

*चन्दा गा ही रही थी कि गिल सामने आ गया और छड़ी ले ली।*

'लगता है साँसों में, टूटा है काँच कोई
चुभती है सीने में, धीमी-सी आँच कोई
आँचल से बाँध ली है आग की लड़ी
छड़ी रे छड़ी, कैसे गले में पड़ी!'

*दोनों एक-दूसरे से छड़ी लेते-खेलते चले गए।*

## [12]

*डॉक्टर गिल के सामने छड़ी उनके हाथ से गिरी और अपनी सोच से बाहर आए। आज के माहौल में वे बहुत बड़े नामी डॉक्टर अमरनाथ गिल हो चुके हैं, जिनकी कई मेडिसिन की फ़ैक्टरी हैं। गिल ने छड़ी उठाई और घर में दाख़िल हुए। पहले से वहाँ कुछ लोग बैठे थे—कुछ सोफ़े पर, कुछ खड़े मज़ाक़ कर रहे थे। उन्हें देखकर सब खड़े हो गए और साथ ही साथ कहा :*

"गुड मॉर्निंग सर!"
"गुड मॉर्निंग सर!"

*मल्होत्रा नाम के एक शख़्स ने कहा :*

"आइए डॉक्टर गिल! आपकी बग़ैर इजाज़त के हम आपके घर में घुस आए हैं।"

*फिर दूसरे आने वालों का तआरुफ़ कराना शुरू किया :*

"मिस्टर मेहता—डीन ऑफ़ गवर्नमेंट अस्पताल।"

*गिल ने मुस्कुराकर पूछा :*

"हाउ डू यू डू?"
"मिस्टर सूरतबाला—चीफ़ सर्जन। रमन बोस को आप जानते ही हैं!"
"हाउ डू यू डू?"
"एक क्लिनिक के सिलसिले में आपको इनवाइट करने आए हैं।"
"वेल जेंटलमेन। थैंक यू फ़ॉर दि ऑनर। बट आई

एम हियर फ़ॉर अ कम्प्लीट हॉलीडे। मैं ये छुट्टियाँ बिलकुल अकेले गुज़ारना चाहता हूँ।''

*मिस्टर मेहता ने समझाया :*

''हम आपका ज़्यादा वक़्त नहीं लेंगे।''

*सूरतबाला ने आजिज़ी से कहा :*

''बहुत छोटा-सा फ़ंक्शन है।''
''क्या है कि हम नीली घाटी में एक क्लिनिक शुरू कर रहे हैं, और हम चाहते हैं कि आप यंग डॉक्टरों की हौसला-अफ़ज़ाई करें, जो शहर छोड़कर इस दूरदराज़ इलाक़े में कैरियर शुरू कर रहे हैं।''

*डॉक्टर गिल नीली घाटी का नाम सुनकर सोच में पड़ गए। यह वही जगह थी जहाँ चन्दा अपने पति के साथ रहने गई थी। कुछ सोचकर पूछा :*

''ये क्लिनिक कहाँ खोल रहे हैं आप?''
''नीली घाटी में।''
''कब?''
''नेक्स्ट वीक। फ्राइडे।''
''ठीक है।''
''थैंक यू सर!''

*सभी उठे और जाने लगे। गिल ने इजाज़त दी :*

''बाय!''

*कुछ सोचकर गिल ने डीन को पास बुलाया। और पूछा :*

“बाय दी वे डीन, वहाँ कोई करघाघर है जहाँ कपड़ा बनाया जाता है?”

“जी हाँ, है तो सही, पर बड़ा छोटा-सा है। गाँव की औरतें काम करती हैं वहाँ। कोई ख़ास मशीन भी नहीं है। उससे तो सिलीगुड़ी का पावर लूम ज़्यादा अच्छा है। देखने के क़ाबिल। कपड़ा भी अच्छा बनता है।”

“अच्छा! आई सी...एनी वे मैं पहुँच जाऊँगा। ग्यारह बजे।”

“हम लोग ख़ुद आपको लेने आएँगे।”

“ओके।”

“बाय!”

*यह कहकर मेहता अपने साथियों के साथ चला गया। गिल वहाँ खड़े अपने हाथ की छड़ी को देखते रहे और बड़बड़ाए :*

“नीली घाटी!”

## [13]

*पहाड़ी रास्तों से होते हुए डॉक्टर गिल अपनी कार खुद चला रहे थे। एक करघाघर में डॉक्टर गिल की कार आकर खड़ी हुई। बाहर बहुत-सी औरतें रँगने और सुखाने का काम कर रही थीं। डॉक्टर गिल फ़ैक्टरी के अन्दर पहुँचकर, एक मैनेजरनुमा आदमी के पास गए।*

“आइए!”

“जी, मैं एक...चन्दा नाम की महिला को ढूँढ़ रहा हूँ, शायद आप ही के यहाँ काम करती है।”

“चन्दा? हाँ, शायद है एक। बूढ़ी औरत है।”
“जी, शायद वही होगी।”
“आप ठहरिए, मैं बुला देता हूँ।”

*मैनेजर उठकर दूसरी तरफ़ चला गया, और डॉक्टर गिल सोचने लगे। मैनेजर एक बूढ़ी औरत को साथ लेकर आया।*

“आओ अन्दर, आ जाओ...घबराने की कोई बात नहीं है। यही है न चन्दा?”
“जी, यह नहीं...माफ़ करना, माँ, आपको तकलीफ़ दी।...जाकर काम करो माँ!”
“आप पहचान तो लोगे उन्हें?”
“हाँ, पहचान लूँगा!”
“तो खुद ही चलकर देख लीजिए।”

*मैनेजर डॉक्टर गिल को साथ लेकर बाहर जहाँ औरतें काम कर रही थीं, ले आया। सबको देखकर डॉक्टर गिल ने कहा :*

“नहीं, इनमें वो नहीं है।”
“आपको पक्का मालूम है कि वो यहीं काम करती हैं?”
“जी हाँ, सुना तो यही था। आप यहाँ कब से काम करते हैं?”
“मुझे दस-बारह साल तो हो गए हैं।”
“नहीं-नहीं, मैं उससे पहले की बात कर रहा हूँ। क़रीब बीस साल पहले।”

*एक बूढ़ा आदमी उनके पास से गुज़रा, जिसे देखकर मैनेजर ने आवाज़ दी :*

“मुनीम जी, सुनिए तो! बीस साल पहले कोई चन्दा नाम की औरत काम करती थी?”

"किस नाम की?"

*डॉक्टर गिल की तरफ़ देखते हुए बताया :*

"चन्दा...चन्दा ही नाम था?"
"जी हाँ।"

*मुनीम जी सोचते हुए बोले :*

"मुझे कोई याद नहीं पड़ता। यहीं की रहने वाली थी?"
"जी नहीं, वो दार्जिलिंग से शादी करके आई थी। उसका पति लँगड़ा था।"

*मुनीम जी फिर से सोचने लगे :*

"लंगू हरकारे की बात तो नहीं कर रहे हैं?"
"हाँ, वही...उसी की बात कर रहा हूँ।"
"उसने किसी वैद्य की बेटी से शादी की थी!"
"हाँ, मुनीम जी...वही...उसी का नाम चन्दा है।"
"हाँ-हाँ, वो यहीं काम करती थी। रँगाई खाते में सूत रँगा करती थी। शादी के एक साल बाद ही उसका पति मर गया था। उसकी एक छोटी-सी लड़की भी थी लंगू से।"
"मैं उसी को ढूँढ़ रहा हूँ, मुनीम जी! कुछ पता है, कहाँ मिल सकता हूँ उससे?"
"ये तो मैं नहीं कह सकता बाबू! किसी पिछले जनम की बात लगती है। इतना मालूम है, लंगू के मरने के बाद भी तीन-चार बरस तक यहीं थी। जड़ी-बूटी की ख़ूब पहचान थी उसे। बस, उन्हीं दिनों में कहीं चली गई, शायद धोलपुर गई होगी।"

## [14]

*धोलपुर पहुँचकर डॉक्टर गिल ने वहाँ के रहने वालों से पूछताछ शुरू की :*

"चन्दा नाम की औरत धोलपुर में?"

"जी हाँ, विधवा है। एक बच्ची है उसकी। नीली घाटी से आई थी तक़रीबन पन्द्रह साल पहले। जड़ी-बूटी की ख़ूब पहचान है उसे। वैद्यकी भी जानती है।"

"इस नाम की औरत को हम तो नहीं जानते हैं।"

"शुक्रिया!"

## [15]

*धोलपुर से निकलकर डॉक्टर गिल वहीं पास के एक चर्च में गए और वहाँ के फ़ादर से पूछा :*

"दार्जिलिंग से नीली घाटी और नीली घाटी से यहाँ धोलपुर। बस, इतना जानता हूँ।"

"इस तरह मिलना तो बहुत मुश्किल है साहब! कितनी जगहों पर गए हैं आप? उसके पति का नाम नहीं मालूम, उसकी बेटी का नाम नहीं पता... जिसे आप जानते हैं, वो पता नहीं जिन्दा है या कि..."

*इतना सुनते ही डॉक्टर गिल ने घबराकर फ़ादर से कहा :*

"नहीं...वो मरी नहीं। ये...ये नहीं हो सकता!"

"लेकिन उसकी बेटी मिले तो, आप पहचान लेंगे उसे?"

*सोचते हुए :*

"पहचान तो लूँगा...चेहरे से नहीं, तो आवाज़ से ज़रूर पहचान लूँगा। आवाज़ तो वही होगी, चन्दा की।"

## [16]

*पहाड़ी की वादियाँ...वादियों का सिलसिला... उनमें बहते झरनों का शोर। पहाड़ियाँ बर्फ़ से ढकी हुई थीं, और दूर-दूर तक चीड़ के बड़े-बड़े पेड़।*

*डॉक्टर गिल उन्हीं जगहों पर घूमते थे, कभी वो चन्दा के साथ घूमा करते थे। ऐसे ही एक चीड़ के पेड़ से टेक लगाए खड़े हुए, तो सामने दूर बहुत दूर चन्दा और अमरनाथ गाते हुए उन्हें नज़र आए। गिल बेक़रारी से आगे बढ़े।*

'दिल ढूँढ़ता है, फिर वही फ़ुर्सत के रात-दिन
बैठे रहें तसव्वुरे जानाँ किए हुए...'

*डॉक्टर गिल को यक़ीनी और बेयक़ीनी की कैफ़ियत हो रही थी। वह .ख़ुद को खुली आँखों से जवानी के वे पल, जो चन्दा के साथ बिताए थे, देख रहे थे :*

'जाड़ों की नर्म धूप और

आँगन में लेटकर
आँखों पर खींचकर तेरे
दामन के साये को
औंधे पड़े रहें, कभी
करवट लिये हुए
दिल ढूँढ़ता है, फिर वही फ़ुर्सत...

या गर्मियों की रात जो पुरवइयाँ चलीं
ठंडी सफ़ेद चादरों पे, जागें देर तक...'

*डॉक्टर गिल एक जगह बैठ गए और चन्दा और अमरनाथ गाते हुए उनके पास आकर बैठ गए और उसी धुन में गाते हुए उठकर चल दिए। उनको जाता देखकर डॉक्टर गिल ने उस जगह को छूकर महसूस किया।*

'तारों को देखते रहें
छत पर पड़े हुए
दिल ढूँढ़ता है, फिर वही फ़ुर्सत...

बर्फ़ीली सर्दियों में किसी भी पहाड़ पर
वादी में गूँजती हुई ख़ामोशियाँ सुनीं
आँखों में भीगे-भीगे से लम्हे लिये हुए
दिल ढूँढ़ता है, फिर वही फ़ुर्सत के रात-दिन
बैठे रहें तसव्वरे जानाँ किए हुए...'

*वे दोनों गाते हुए वहाँ से चलते-चलते दूर ग़ायब हो गए और हवा में उस नग़मे का सुर छोड़ गए। डॉक्टर गिल उन्हीं सुरों को पकड़कर गुनगुनाने लगे :*

'दिल ढूँढ़ता है, फिर वही फ़ुर्सत के रात-दिन

बैठे रहें तसव्वरे जानाँ किए हुए...'

*चीड़ के पेड़ों के बीच से गुज़रते हुए डॉक्टर गिल सड़क पर आ गए जहाँ उनकी कार खड़ी थी। कुछ दूरी पर सड़क के किनारे एक वैद्यजी की दुकान थी, यह देखकर डॉक्टर गिल उनकी दुकान में दाख़िल हुए तो कोई दिखाई न पड़ा। तब वह अन्दर घर की तरफ़ चले। अन्दर की तरफ़ एक आदमी कुछ जड़ी-बूटियों को बीन रहा था। वही वैद्यजी थे।*

"एक्सक्यूज़ मी, माफ़ कीजिए, मुझे एक लड़की का पता मालूम करना है। अगर आप जानते हों तो..."

*वैद्यजी ने डॉक्टर गिल की आवाज़ पर उनकी तरफ़ देखा और फिर अपने काम में लग गए।*

"किसकी लड़की?"

*डॉक्टर गिल वहीं रखी कुर्सी पर बैठ गए।*

"चन्दा नाम की एक लड़की...मेरा मतलब, औरत है...जड़ी-बूटी की ख़ूब पहचान है उसे। नीली घाटी से आई थी यहाँ रहने। एक बच्ची भी है उसकी। विधवा है।"

*वैद्यजी चुपचाप सुनते रहे और जड़ी-बूटियों को छाँटते रहे।*

"थापा वैद्य की बेटी...?"

*यह सुनते ही डॉक्टर गिल ख़ुशी से खड़े हो गए।*

"जी हाँ...हाँ...वही! कहाँ है? कहाँ रहती है?"
"हाँ...थी...बहुत अच्छी लड़की थी।"
"थी...मतलब...अब नहीं है क्या?"
"नहीं, चली गई थी यहाँ से।"

*थोड़ा-सा डॉक्टर गिल शांत हुए। वैद्यजी ने बताया :*

"बहुत साल पहले की बात है, जड़ी-बूटियाँ जमा करके लाया करती थी। बेच जाया करती थी बेचारी। मेरे पास यहाँ दवाइयाँ भी कूटा करती थी। बड़े बुरे दिन काटे उसने। पता नहीं, कहाँ से एक धुन चढ़ गई थी! कहती थी, शहर जाऊँगी। बेटी को पढ़ा-लिखाकर डॉक्टर बनाऊँगी। पर अभागिन ही थी। अपनों के हाथों ही लुटती रही।"
"क्या हुआ था उसे?...कहाँ गई वो?"
"जाने कौन था...वो धानू, दीनू...जाने क्या नाम था उसका!... उसके पति का कोई भाई था, बताती थी। पर भाई क्या जी, पूरा क़साई था, कसाई! जो कमाती थी, ले जाता था। ज़बर्दस्ती घर में रखने की कोशिश करता था। धमकी देता था, लड़की को उठाके ले जाऊँगा। उसी के लिए बदनाम होने लगी थी बेचारी। बस, एक ख़राबी थी, बड़बड़ करती रहती थी। अपने-आप ही से बात करती रहती थी, पर दवाइयाँ बनाने का शौक़ था। मैं कहूँ, दमे के लिए बोरास के पत्तों को पीसकर दवा बना दे, तो अपने नुस्ख़े गिनाने लगती थी। कहती थी, मिलाकर के पत्तों में, सातों नमक डालकर..."
"पर वो गई कहाँ?"
"बताता हूँ...बताता हूँ भाई! बात तो पूरी होने दो।"

*वैद्यजी उठकर गए और अपने पुराने रजिस्टर उठा लाए और उनको देखने लगे। देखकर बोले :*

''तुम देख लो...वही लिख के गई थी।''

'उसी की लिखाई है—ठेकेदार जोधपाल, पीली कोठी, सिलीगुड़ी।'

*पढ़कर डॉक्टर गिल सोच में पड़ गए।*

## [17]

*डॉक्टर गिल पीली कोठी के सामने खड़े थे। एक औरत और लड़की उन्हें बता रही थीं :*

''पीली कोठी तो यही है। दो साल हुए, वे बेचकर चले गए।''

''ये मिस्टर...ठेकेदार जोधपाल आजकल कहाँ रहते हैं?''

''वो तो रिटाइर हो चुके हैं। कलकत्ता में ही रहते हैं।''

''उनके साथ एक चन्दा नाम की औरत थी। देखिए, मैं बहुत दूर से उनका पता खोजता हुआ आया हूँ। वो कहाँ मिल सकते हैं—बस, इतना बता दीजिए।''

*यह सुनकर औरत ने कहा :*

''कोठी के पीछे माली रहता है। उससे मिलकर पूछ लीजिए। वही उस पगली का ख़्याल रखता था।''

"पगली...?"

*लड़की ने उसकी हैरत दूर करनी चाही :*

"हाँ, बड़ी का दिमाग़ चल गया था और छोटी..."

*औरत ने बीच में बात काटी :*

"उसी से जाकर पूछ लीजिए, वही बता देगा।"

*यह सुनकर डॉक्टर गिल मुड़ गए और सोच में पड़ गए।*

## [18]

*डॉक्टर गिल उदास क़दमों से बँगले के पीछे पहुँचे, जहाँ एक माली बैठा खाना बना रहा था। डॉक्टर गिल उसके नज़दीक जाकर बोले :*

"एक गिलास पानी मिल सकता है?"
"हाँ-हाँ, ज़रूर मिल सकता है।"

*माली ने पानी लाकर दिया और कहा :*

"आपकी तबीयत कुछ ठीक नहीं लग रही है साहब, लीजिए।"

*पानी पीने के बाद डॉक्टर गिल ने पूछा :*

"एक पगली यहाँ रहती थी, चन्दा..."
"हाँ!"
"उसकी कुछ ख़बर बता सकते हो?"
"वो तो अब नहीं रही साहब...गुज़र गई।"

*यह सुनकर डॉक्टर गिल को सकता हो गया। कुछ वक़्फ़े से बोले :*

"कब?"
"आठ महीने हो गए।"

*यह सुनते ही डॉक्टर गिल के हाथ से पानी का गिलास छूटकर ज़मीन पर गिर गया।*

"कैसे गुज़री?...क्या हुआ था?"

*माली वहीं पास में बैठ गया और बताने लगा :*

"बड़ी दुखभरी कहानी है। मैं तो सोच-सोच के रोता था। आख़िर...आख़िर में बिलकुल होश चले गए थे। पागलपन में इधर-उधर भागती रहती थी। किसी के हाथ में किताब देखती थी तो भागकर पकड़ लेती थी। पूछती थी, 'परीक्षा हो गई? तुम्हारी परीक्षा हो गई? डॉक्टर बन गए? जब डॉक्टर बन जाओगे, तब मेरी बेटी से शादी कर लेना। उसे पढ़ाना। उसे भी...'"

*इतना सुनकर डॉक्टर गिल ख़ुद को रोक नहीं पाए और रो पड़े।*

"साहब...साहब..."

## [19]

*रात का वक़्त था। बिस्तर पर डॉक्टर गिल बैठे थे। पास ही माली बैठा चन्दा के माज़ी के अवराक़ पलट रहा था।*

"आख़िर का एक-डेढ़ साल इसी पागलपन में कटा। एक पुराना ओवरकोट था। वही पहने रहती थी और हर वक़्त एक छड़ी रखे रहती थी। एक बार कहा था मुझसे, 'जब मैं मर जाऊँ तो मेरे साथ ये छड़ी जला देना'।"

"और कजरी? उसका क्या हुआ?"

"शहर जाने के बाद उसकी और ख़बर नहीं आई। महीने-दो महीने में माँ के लिए पैसे भेज दिया करती थी, और कहलवाया था, अच्छी नौकरी लग गई है और पढ़ रही है। जब डॉक्टर बन जाएगी तो खुद आकर माँ का इलाज करेगी।"

"उसका कोई पता-ठिकाना है?"

"कभी नहीं भेजा।"

"उसे मालूम है, चन्दा मर चुकी है?"

"हाँ। जो पैसे लेकर आता था, उसी के हाथ कहलवा दिया था मैंने। फिर पैसे आने बन्द हो गए। मैं समझ गया कि उसे ख़बर पहुँच गई।"

*माली ने बक्से से एक लाल दुपट्टा निकालकर कहा :*

"ये कजरी को पहनाकर देखा करती थी और ये कजरी से कहती थी।"

*स्टेथेस्कोप दिखाकर बोला :*

"पता नहीं, कहाँ से उठाकर लाई थी! कहती, 'जब डॉक्टर बनेगी तब दूँगी'।"

*डॉक्टर गिल सारा सामान बड़े ध्यान से चुपचाप देखते रहे।*

"ये भी रख दूँ साहब?"

*बक्से में रखे सामान को देखते हुए डॉक्टर गिल ने कहा :*

"हाँ, सुनो, वो डिबिया देना।"
"क्या है साहब इसमें?"

*एक लकड़ी की डिबिया, जिसे डॉक्टर गिल ने खोला।*

"शायद वही होगा।"
"क्या साहब?"
"मैंने एक सफ़ेद हार दिया था।"
"हाथी दाँत का? मैंने देखा है। कजरी से कहती थी, उसके दहेज में देगी।"
"हाथी दाँत का नहीं था। मैंने यूँ ही झूठमूठ कह दिया था, तो मुझसे झगड़ने लगी। उस वक़्त मैं वापस शहर जाने की तैयारी कर रहा था।"

*कहते हुए डॉक्टर गिल माज़ी में खो गए :*

## [20]

*अमरनाथ ने एक लकड़ी के छोटे-से डिब्बे से हार निकालकर चन्दा को दिखलाया, तो चन्दा ने कहा :*

"बहुत ख़ूबसूरत है...हाथी दाँत का है?"
"हूँ..."
"कितने का है?"
"सात सौ पन्द्रह रुपए का।"

*चन्दा ध्यान से अमरनाथ का चेहरा देखने लगी। अमरनाथ ने पूछा :*

"क्या हुआ?"
"इतने रुपए तुम्हारे पास कहाँ से आए?"

*अमरनाथ हकलाया :*

"वो..."

*चन्दा उठी और अलमारी में से उसका पर्स निकालकर उसके रुपए गिनने लगी।*

"एक सौ अट्ठाईस रुपए थे इसमें। कुल साठ बचे हैं। बाक़ी कहाँ गए?"
"ये साठ मैंने वापस जाने के लिए रखे हैं। उन्हें हाथ मत लगाना।"
"तुमने क्यूँ हाथ लगाया?...एक सौ अट्ठाईस रुपए थे इसमें।"
"रखे हुए दिन कितने हुए? मेरा कुछ ख़र्च नहीं होता है क्या?"
"ख़र्चा क्या होता है?...खाना तो फोकट का खाते हो। कपड़े मैं धोती हूँ। एक दूध आता है, दो वक़्त का, बस। और क्या?"

*यह सुनकर अमरनाथ खड़ा हुआ और कहने लगा :*

"और ये हार पैंतालीस का? इसे क्या मन्दिर में बाबाजी बाँटते हैं?"

*यह कहकर अमरनाथ दूसरी तरफ़ चला गया।*

"पैंतालीस का है?"
"लगता नहीं है क्या?"
"हाँ, लगता तो है।"

*चन्दा अमरनाथ के पास गई और बोली :*

"निकालो बाक़ी पैसे..."
"बाक़ी कौन से पैसे? आठ आने की चाय पी, और आठ आने रिक्शा के।"
"आठ आने की चाय? क्या बालटी में पी थी?"
"पी नहीं, नहाया था।"
"जेब दिखाओ।"
"कुछ नहीं..."

*अमरनाथ ने कुछ रुपए पास ही में छुपाकर रखे थे। चन्दा ने उसे ले लिया और गिनने लगी :*

"अठावन रुपए। ये कहाँ से आए?"
"तसवीर अच्छी है न?"
"ये कहाँ से आए, सच-सच बताओ?"

*फिर हार की तरफ़ इशारा करके पूछा :*

"ये कितने का है, तुम्हें मेरी क़सम!"
"अरे, नहीं-नहीं...वो देखो...ये डिबिया है न, पूरे तीन रुपए की है।"
"और ये हार?"
"बारह आने का।"
"मुझे नहीं चाहिए ऐसे बारह आने का हार। मैं क्या भिखारिन हूँ?"

*ग़ुस्से में चन्दा ने हार वहीं टेबल पर फेंक दिया।*

"अरे वाह! पैंतालीस का था तो अच्छा था, बारह का है तो बुरा हो गया?"

*चन्दा ने मुँह फेर लिया। अमरनाथ कान खुजाने लगा।*

"चन्दा कुमारी, हार तो वही है।"
"बारह आने का हार कोई हार होता है?"
"हार बारह आने का हुआ तो क्या? दिल तो बारह आने का नहीं।"

*अमरनाथ अपने कानों को खुजा रहा था। यह देखकर चन्दा ने चिढ़कर कहा :*

"हटाओ हाथ।"
"क्या हुआ?"
"कान मत खुजाओ, ज़हरबाद हो जाता है।"
"क्या?...क्या हो जाता है?"
"ज़हरबाद हो जाता है।"
"देखो, तुम ये वैद्यकी छोड़ दो। ख़्वामख़्वाह किसी मरीज़ को मार डालोगी।"
"तुम डॉक्टर बन जाओ, मैं छोड़ दूँगी।"
"मेरे डॉक्टर बनने में देर किस बात की है? कुल दस दिन की बात है। अगले मंगलवार को जाऊँगा। बुध को एग्ज़ाम होंगे।"
"क्या होंगे?"
"परीक्षा...इम्तहान।"
"तुमने कुछ कहा था...तुम्हें कुछ मिलेगा?"
"हाँ, फ़र्स्ट क्लास की डिग्री। उसके बाद मैं किसी को भी मार सकता हूँ।"
"बाबा से बात कब करोगे?...मंगल को तो जा रहे हो!"

"मंगल को अभी पाँच दिन बाक़ी हैं। मैं कल ही बात कर लूँगा।"
"क्या कहोगे?"
"मैं कहूँगा, शादी करके चन्दा को साथ ले जाना चाहता हूँ।"

## [21]

*थापा वैद्य अमरनाथ को समझा रहे थे :*

"बाप को डोली सजाने का मौक़ा नहीं दोगे अमरनाथ? नहीं, ऐसे भेज दिया तो बेटी समझेगी, बाप ने सिर से बोझ उतार दिया। नहीं बेटा, नहीं...ऐसे नहीं। मेरी क़िस्मत अच्छी है जो चन्दा जन्मी मेरे घर में। तुम्हारी भी क़िस्मत अच्छी है, सो तुम्हारे घर जा रही है। ऐसी लक्ष्मी जिसके घर जाए, वही...जाओ बेटा, जाओ, तुम्हारा क़र्ज़ रहा मुझ पर। जब भी आओगे, तुम्हारा धन तुम्हारी हथेली पर रख दूँगा। जाओ।"

## [22]

*दार्जिलिंग की छोटी रेलगाड़ी, जिस पर बैठकर अमरनाथ जा रहा था। चन्दा उसे विदा करने आई थी। ट्रेन चल दी। उदास मन से चन्दा खड़ी हाथ हिला रही थी।*

*इसी मंज़र पर डॉक्टर गिल की आवाज़ सुनाई दी जो माली को हालात बता रहे थे।*

## [23]

''वहीं आख़िरी बार चन्दा को देखा था। यह सफ़र, जो सोचा था, चन्द हफ़्तों में उसके पास वापस ले जाएगा, बरसों में...''

*डॉक्टर गिल बिस्तर पर लेटे थे, और पास ही माली बैठा दास्तान सुन रहा था।*

''बहुत बड़ी भूल की मैंने। उसका अंजाम इस तरह होगा, यह मैंने सोचा भी नहीं था। वापस आना चाहिए था मुझे, वापस आना चाहिए था...''

## [24]

*रात का वक़्त था। बाज़ार में डॉक्टर गिल ने गाड़ी रोकी और एक मेडिकल स्टोर पर पहुँचे। सिरदर्द की दवाई लेने।*

''यस सर!''
''एस्प्रीन है?''
''गिल्स की गोलियाँ दूँ?...बड़ी जल्दी आराम आ जाता है।''

*अपनी ही कम्पनी का नाम सुनकर गिल ने कहा :*

''नहीं-नहीं, उसमें क्लोरीन ज़्यादा, दवाई कम होती है। और कोई एस्प्रीन दो।''
''जैसी आपकी मरज़ी सर!''

*दुकानदार दवाई लेने अन्दर की तरफ़ मुड़ा। उसी वक़्त पास के मकान की सीढ़ियों से*

*एक आदमी लुढ़कता हुआ नीचे गिरा। डॉक्टर गिल उसे देखने लगे। सीढ़ियों के ऊपर खड़ी एक औरत की आवाज़ आई जो गालियाँ दे रही थी। डॉक्टर गिल ने नज़रें ऊपर कीं, औरत होंठों में बीड़ी लिये, तवायफ़ों-सा लिबास ज़ेबतन किए हुए थी।*

''दफ़ा हो हरामज़ादे! दस रुपए देकर सारी रात बैठेगा कोठे पर? अपना घर समझ रखा है? फिर आया कोठे पर तो कटवा के सामने फेंकवा दूँगी!''

*औरत की ज़बान ख़ंजर की तरह चलती रही, और डॉक्टर गिल की जो नज़रें उठी थीं, वे गिरना भूल गईं। जैसे खुली आँखों से सपना देख रहे हों! सामने चन्दा खड़ी थी—हूबहू चन्दा! नामुमकिन!*

*गिरा हुआ आदमी खिसियाकर कह रहा था :*

''मेरी चप्पल दे दीजिए।''

*तवायफ़ ने चप्पल उठाकर उस आदमी की तरफ़ फेंक दी :*

''ले, पकड़ और जाकर मार अपनी बीवी के सिर पे। चले आते हैं साले...''

*तवायफ़ ने बीड़ी का एक कश लिया और दूसरी तरफ़ नज़र की तो डॉक्टर गिल को अपनी तरफ़ देखता पाकर ग़ुस्से से कहा :*

''तू क्या देख रहा है सेठ? डुबकी मारनी है तो ऊपर आ, वरना फूट यहाँ से!''

*उसी वक़्त एक दूसरी तवायफ़ निकलकर आई और उसको आवाज़ दी :*

“चल न, कजरी! क्यूँ अपना धंधा ख़राब कर रही है? तेरा ग़ुस्सा तो बस ख़ुदा ही समझे। चल, चल न!”

*दोनों अन्दर की तरफ़ मुड़ गईं और डॉक्टर गिल उन्हें देखते हुए खो-से गए। दुकानदार दवाई ले आया।*

“साहब...एस्प्रीन...ये लीजिए, एस्प्रीन आपका।”

*चौंककर डॉक्टर गिल दुकानदार की तरफ़ मुतवज्जह हुए।*

“आप भी किस झंझट में पड़ गए साहब! ये तो यहाँ हर शाम होता है।”

“ये...लड़की...कौन है ये लड़की?”

“वेश्या है साहब। ज़बान नहीं सुनी आपने?”

“ऐसी गन्दी ज़बान...”

“कभी-कभी ऐसे गन्दे शब्द सुनाई पड़ते हैं कि शरीफ़ आदमी घर जाकर अपने कान धो ले।”

*डॉक्टर गिल सोचने लगे। दुकानदार ने पैसे बताए।*

“तीन रुपए।”

*पर्स से डॉक्टर गिल ने रुपए निकालकर दिये और बिना छुट्टा लिये जाने लगे।*

“आपका बैलेंस साहब!”

*डॉक्टर गिल ने पैसे लिये और खोये-से सोचते आगे बढ़े। कार तक पहुँचते-पहुँचते कई ख़यालात उनके दिमाग़ को हिला रहे थे :*

'ये कौन है?...उसकी शक्ल चन्दा जैसी क्यों है?...'

*ऐसे ही सवालों के साथ वह कार में रवाना हो गए।*

## [25]

*डॉक्टर गिल घर आकर सोफ़े पर बैठे बार-बार उस तवायफ़ के बारे में सोचते रहे। उसकी शक्ल ख़यालों में आती रही। उसके अन्दाज़ और गन्दी ज़बान, जिस तरह वह बात कर रही थी और गालियाँ बक रही थी—एक-एक दृश्य उनकी आँखों के सामने से गुज़रता रहा।*

*काफ़ी सोच-विचार के बाद एक नतीजे पर पहुँचे।*

## [26]

*डॉक्टर गिल की कार उन्हीं रास्तों पर वापस जा रही थी, और उसी घर के पास आकर रुकी। डॉक्टर गिल सीढ़ियाँ चढ़ते हुए कोठे के दरवाज़े पर पहुँचे। वह अन्दर से बन्द था। रात काफ़ी हो चुकी थी। कुछ सोचकर गिल ने दरवाज़ा खटखटाया। कुछ देर बाद दरवाज़ा खुला। सामने अधेड़ उम्र की, कोठे की नायिका क़िस्म की, औरत खड़ी थी। डॉक्टर गिल कुछ घबरा-से गए और झिझककर पूछा :*

"जी, कोई कजरी नाम की लड़की है...आपके...मैं उससे मिलना चाहता हूँ।"
"अभी लेटी है बेचारी। गाहक निपटा के। थक गई है। कोई और चलेगी?"
"जी...जी, मुझे उसी से काम है।"

*यह सुनकर उस नायिका ने उसे ऊपर से नीचे तक देखा और बोली :*

"काम तो सबका एक ही होता है...आओ।"

*उसके पीछे-पीछे डॉक्टर गिल कोठे के अन्दर पहुँचे। हॉल में एक जवान लड़की सोफ़े पर सो रही थी। मौसी ने उसे जगाया :*

"उठ। अय-अय...जाके अन्दर सो।...बैठो।"

*इतना कहकर वह अन्दर कमरे की तरफ़ बढ़ी। वह लड़की मुँदी आँखों से डॉक्टर गिल को देखते हुए इठलाती हुई अन्दर कमरे में चली गई।*

## [27]

*मौसी कजरी के कमरे में पहुँचकर उसे जगाया और कहा :*

"अय कजरी, उठ...कोई आया है तेरे लिए। उठ बेटी..."
"सोने दो न माँ! और कितनी हड्डियाँ तुड़वाएगी?"
"उठ बेटी...वो कोई बड़ा अमीर आदमी लगता है। ऐरा-ग़ैरा होता तो मैं ख़ुद ही भेज देती...चल, उठ।"

*मौसी ने कजरी का हाथ पकड़कर उठाया।*

"मुझे नहीं लगता, बैठेगा। पी-पा के चला जाएगा। मिल ले उससे...और सुन, तीस-चालीस से कम नहीं लेना।"

*मौसी यह कहकर चली गई।*
*कजरी आलसीपन से अँगड़ाई ले रही थी। नींद की शिद्दत से आँखें बन्द हो रही थीं। बिस्तर से उठी, पास ही दीवार पर लगे आईने में अपनी शक्ल को देखा। कंघी से बालों को ठीक किया और हॉल की तरफ़ चल दी।*

## [28]

*हॉल में कजरी आई और डॉक्टर गिल उसे देखते ही अचम्भे से खड़े हो गए। कजरी डॉक्टर गिल को पहचानकर बोल पड़ी :*

"अरे सेठ...इतनी देर से आए? साली जंभाई आ रही है।"

*डॉक्टर गिल बस ग़ौर से देखे ही जा रहे थे कजरी को कि कजरी आगे बढ़कर सोफ़े पर बैठ गई और डॉक्टर गिल से कहा :*

"बैठो।"

*वहीं पास में डॉक्टर गिल उसे देखते हुए बैठ गए। उसके चेहरे को निहार रहे थे, जैसे कुछ तलाश करने की कोशिश कर रहे हों!*

*कजरी भी देखती रही, फिर ख़ुद ही बोली :*

"कुछ पिओगे?...व्हिस्की नहीं है। ठर्रा मिलेगा। मेरे जैसा। चलेगा?"

"नहीं, बेटी...मैं तो सिर्फ़ तुमसे मिलने आया था बेटी!"

*यह सुनकर आँखें फैलाकर ग़ुस्से से कजरी बोली :*

"ये बेटी क्या है यार? सीधे से धंधे की बात करो न!"

"मैं...किसी और काम से आया हूँ बेटी!"

*अब कजरी का ग़ुस्सा बढ़ने लगा।*

"अय...ये बेटी-बेटी मत करो। बहुत सुना है मैंने। बैठना है तो बोलो।"

"तुम्हारा नाम क्या है?"

"नाम पूछकर क्या करोगे?...घर में बिठाना है? ख़ानदान देखना है? माँ पगली थी। बाप लँगड़ा था।"

*यह सुनकर डॉक्टर गिल सोचने लगे।*

"और क्या पूछना है?"

"नाराज़ क्यों होती हो बेटी?"

"ओ...हो..."

*कजरी ग़ुस्से से खड़ी हो गई और पास रखी बीड़ी उठाकर पीने लगी। फिर मौसी को आवाज़ दी :*

"मौसी...मौसी..."

"मेरी बात सुनो बेटी!"

"तू ही सँभाल इस बूढ़े को...ये तो गोद लेने आया है मुझे!"

*ग़ुस्से में कजरी हॉल से बाहर निकल गई। डॉक्टर गिल उसके पीछे लपके लेकिन हॉल के साथ के दूसरे कमरे में खड़ी लड़कियाँ हँसने लगीं। डॉक्टर गिल की समझ में कुछ नहीं आया और वह कोठे से बाहर निकल गए।*

*मौसी ने हँसती हुई लड़कियों से कहा :*

"क्या हुआ, चलो...चलो, अन्दर चलो!"

*फिर मौसी ने दरवाज़ा बन्द कर दिया।*

## [29]

*दूसरे दिन शाम को डॉक्टर गिल फिर कोठे पर पहुँचे, जहाँ कजरी रहती थी। कोठे पर पहुँचकर खुले दरवाज़े को खटखटाया। एक दूसरी लड़की, जो कजरी की सहेली थी, आकर ऊपर से नीचे तक मुआयना करने के बाद आँखों से शरारत की। डॉक्टर गिल घबराए तो वह शरारत से बोली :*

*"हूँ..."*

*डॉक्टर गिल ने झिझकते हुए कहा :*

"जी...वो कजरी है?"

*इतना सुनना था कि वह चिल्लाकर हँसते हुए बोली :*

"अरे ओ कजरी, देख, तेरा बूढ़ा आया है।"

*कजरी कमरे से निकली और डॉक्टर गिल को देखकर शरारत से पूछा :*

"आ गए आप?..."
"मेरी बात सुनो बेटी!"
"...फिर बेटी...चलो, निकलो...चलो, निकलो...जाओ यहाँ से!"

*कजरी ने डॉक्टर गिल को पकड़कर कोठे से उतार दिया और ग़ुस्से से देखने लगी।*

"आ जाते हैं साले...इनकी तो मैं..."

*कजरी ने दरवाज़ा बन्द किया।*

## [30]

*डॉक्टर अमरनाथ गिल नीचे सड़क पर आए, अपनी गाड़ी के पास खड़े-खड़े कुछ सोचने लगे, फिर गाड़ी खोलकर उसमें से कुछ निकाला और गाड़ी बन्द कर दी।*

## [31]

*कोठे पर लड़कियाँ अपने ग्राहकों से प्यारी-प्यारी बातें कर रही थीं। कजरी वहाँ से गुज़र रही थी कि फिर दरवाज़ा बज उठा। उसने बढ़कर दरवाज़ा खोला। सामने डॉक्टर गिल खड़े थे।*

"तुम...? अब क्या चाहिए?"
"कजरी चाहिए...व्हिस्की है मेरे पास, सोडा चाहिए, मिलेगा?"
"आ गए न रास्ते पर...आओ।"

*कजरी हॉल में गई। पीछे-पीछे डॉक्टर गिल भी।*

## [32]

*डॉक्टर गिल हॉल में पहुँचे, जहाँ माहौल गर्म और बाज़ार शबाब पर था। कुछ ग्राहक अपनी पसन्द के साथ शबाब और शराब में मस्त थे। कुछ ग्राहक अभी लड़कियों में से अपनी पसन्द तलाश कर रहे थे। हर कोई मदहोश हो रहा था। डॉक्टर गिल को वह माहौल अजीब लगा। वह झिझक रहे थे। कजरी ने कहा :*

"तुम बैठो, मैं सोडा लाती हूँ।"

*यह कहकर वह हॉल से बाहर निकल गई। डॉक्टर गिल सोफ़े पर बैठ गए। पास बैठे एक ग्राहक ने, जो शराब पी रहा था, पूछा :*

"चुस्की लोगे सेठ?"
"जी नहीं।"
"तुम भी कजरी के जादू में आ गए? चीज़ ही ऐसी है साली! एक बार मुँह से लग जाए, तो दूसरी जमती ही नहीं।"

*फिर पलटकर अपने साथी से पूछा, जो लड़कियों से घिरा था :*

"क्यूँ अहमद, कोई आई पसन्द?"
"इनमें कोई नहीं पसन्द।"
"तो जा फिर अन्दर।"

*अहमद ने अपने पास बैठी एक लड़की से कहा :*

"चल, अन्दर चल।"
"पैसे हैं न?"
"हैं न!"

*उसी वक़्त एक आदमी ने उस लड़की को इशारे से एक कमरे में बुलाया। कजरी सोडा लेकर डॉक्टर गिल के पास आकर बैठी। डॉक्टर गिल ने पूछा :*

"कोई अलग बैठने की जगह नहीं है?"
"पाँच रुपए जास्ती लगेगा।"
"चलेगा।"
"आओ...सोडा लेकर आना।"

*पास बैठा वही आदमी फिर बोला :*

"जाइए सेठजी...जाइए।"

*डॉक्टर गिल कजरी के पीछे-पीछे दूसरे कमरे में गए जहाँ उनके अलावा कोई नहीं था। कजरी सोडा खोलकर दो गिलासों में डालने लगी। डॉक्टर गिल ने कोट से व्हिस्की निकालकर दी। कजरी ने डॉक्टर गिल को बैठने को कहा :*

"बैठ जाओ।"

"कब से पीती हो?"

"जब से इस धन्धे में लगी हूँ। पहले जो आता था, ज़बर्दस्ती पिलाता था। अब साली आदत लग गई है। न पियो तो नींद नहीं आती है।"

*कजरी ने एक गिलास डॉक्टर गिल को दिया और एक गिलास ख़ुद लिया। डॉक्टर गिल ने गिलास होंठों से लगाया तो कजरी ने पूछा :*

"गिलास नहीं टकराएगा?"

*मुस्कुराकर डॉक्टर गिल ने कजरी को देखा और गिलास टकराते हुए कहा :*

"चियर्स!"

*कजरी समझ नहीं सकी।*

"ऊँ...क्या कहा?"

*एक पल सोचकर, जैसे गिल को कुछ याद आ गया हो!*

"कुछ नहीं..."

*दोनों ख़ामोश सिप ले रहे थे कि दरवाज़ा बजा और मौसी की आवाज़ आई :*

"कजरी..."

"क्या है मौसी?"

"सुन तो!"

*कजरी मौसी के पास गई जो दरवाज़े पर खड़ी थी।*

"वो रात भर बैठेगा, या जाएगा?"

"पता नहीं, कोई बात तो की नहीं।"
"पूछ ले।"
"क्यूँ?"
"चौधरी आया है। वो तेरे बग़ैर जाता भी तो नहीं किसी के पास।"
"मैं क्या करूँ मौसी?...वो बैठा है न! कह, कोई बाहर ले गया।"

*उसी वक़्त कमरे के पास चौधरी आ गया और कजरी का हाथ पकड़कर बोला :*

"अरे चल न...काहे को भाव खा रही है...चल..."
"चल चौधरी, तू घूमकर आ। वो गाहक के साथ बैठी है।"
"देखने तो दे, कौन है?"
चौधरी ने कमरे में झाँककर देखा। डॉक्टर गिल ने भी चौधरी को देखा। मौसी ने रोका :
"चौधरी, क्या कर रहा है तू?"
"बहुत मोटी आसामी फाँसी है!"
"तू बैठ कजरी, मैं निपट लेती हूँ इससे। चल... चल..."
"क्या निपट लेगी?"

*कजरी कमरे में आ गई और दरवाज़े का पर्दा लगा दिया और डॉक्टर गिल के पास आकर बैठ गई।*

"बहुत लोग आते हैं यहाँ?"
"कोई-कोई दिन तो बहुत लोग आते हैं। कोई दिन साला ऐसा ख़ाली जाता है कि कोई दारू वाला भी नहीं आता। लेकिन गंगू रानी है न, बहुत ख़्याल रखती है अपनी लड़कियों का। बिलकुल माँ के

माफ़िक देखती है साली। पियो न, तुम तो बहुत धीरे चल रहे हो!''

''जल्दी भी क्या है?''

''अक्खी रात रहोगे?''

''हाँ। कभी बाहर भी जाती हो?''

''हाँ, कोई एतबार वाला आदमी हो तो, गंगू रानी भेज देती है।''

''एतबार वाला मतलब?''

''वो गंगू रानी आदमी देखकर समझ जाती है। बड़ी ज़िन्दगी देखी है उसने।''

''मेरे साथ भेज देगी तुम्हें?''

''हूँ! देखने से लगता है।''

''एक रात के लिए नहीं, बहुत दिनों के लिए।''

''शहर के बाहर?''

''नहीं, इसी शहर में। जितने रहूँगा, उतने दिन तक।''

''हूँ।''

''क्या है कि मेरे लिए यहाँ आना ज़रा मुश्किल है। इतने लोग देखते हैं आते-जाते।''

''मैं समझती हूँ...मैंने भी ज़िन्दगी देखी है। लेकिन पैसे बहुत लगेंगे।''

''पैसों की फ़िक्र मत करो। जितना कहोगी, उतना दे दूँगा। लेकिन तुम्हें वहीं रहना होगा, मेरे पास।''

''मंज़ूर है। लेकिन एक बात कह दूँ, दोस्त-यार तुम्हारे आएँगे। उनके सामने बेटी-बेटी का नाटक मत करना। औरत कहो, रखैल कहो, वेश्या कहो, सब चलेगा। किसी दोस्त-यार के साथ जाने को कहोगे, नहीं चलेगा। हमारी भी साली इज़्ज़त है, अपने-अपने धन्धे का उसूल होता है, क्यूँ?''

''हूँ, मुझे मंज़ूर है। लेकिन जितने दिन पैसे दूँगा,

उतने दिन तुम सिर्फ़ मेरे पास रहोगी। यहाँ नहीं आओगी।''

''पक्की बात। दूसरा कोई मुँह मारे तो, थूक देना मेरे ऊपर, ठीक?''

*एक ख़ामोशी-सी हुई, फिर कजरी बोली :*

''बोलो, कब से?''

''आज से। कितने पैसे लोगी, बोलो?''

*डॉक्टर गिल ने कोट की जेब से पर्स निकाला और कजरी ने पैसे देखकर पूछा :*

''बुला दूँ गंगू रानी को? पेशगी देकर जाओगे? नशे की बात नहीं है, हाँ...?''

''बुलाओ उसे।''

*कजरी कुछ सोचने लगी और बिस्तर से उठकर गंगू के पास गई।*

*डॉक्टर गिल किसी सोच में डूब गए।*

## [33]

*डॉक्टर गिल जब घर लौटे तो रात काफ़ी हो चुकी थी। घर का नौकर दरवाज़े के पास ही सोया था। दरवाज़ा खुलने की आवाज़ से वह उठ बैठा। डॉक्टर गिल कजरी को सँभालते हुए अन्दर लाए, जो नशे में धुत थी। नौकर उसे अजीब नज़रों से देख रहा था, क्योंकि नशे में वह बड़बड़ा भी रही थी। डॉक्टर गिल ने नौकर से कहा :*

''सो जाओ तुम।''

"खाना...खाना साहब?"

"मैं खा के आया हूँ। तुम सो जाओ। ये बत्ती बुझा दो।"

*डॉक्टर गिल सहारे से कजरी को लेकर बेडरूम में आ गए। नशे की हालत में कजरी ने डॉक्टर गिल से पूछा :*

"अय, माल कहाँ है?"

*डॉक्टर गिल ने कोई जवाब नहीं दिया, और उसे पलंग पर लिटाकर कम्बल ओढ़ा दिया। सामने की अलमारी से अपना नाइट सूट निकालकर कमरे के बाहर चल दिए और दरवाज़े के लगे पर्दे को खींचकर बन्द कर दिया।*

## [34]

*दूसरी सुबह घर का नौकर एक ट्रे में चाय लेकर डॉक्टर गिल के बेडरूम में आया तो बेड पर कजरी को सोया देखकर लौट गया। हॉल में आया तो देखा कि सोफ़े पर डॉक्टर गिल सो रहे थे। नौकर ने चाय की ट्रे टेबल पर रखी और चाय बनाने लगा। डॉक्टर गिल जाग गए।*

"नमस्ते साहब!"

*गिल ने सिर हिलाकर जवाब दिया :*

"ये चाय बाहर लॉन में रख दो।"

*नौकर ने ट्रे उठाई और बाहर चला गया। डॉक्टर गिल को कजरी का ख़याल आया। वह बेडरूम की तरफ़ गए। कमरे में आए तो देखा, कजरी सो रही थी। बग़ैर उसे जगाये कमरे से बाहर आ गए और लॉन में चले गए, जहाँ उनका सेक्रेटरी पहले से बैठा चाय पी रहा था।*

''गुड मॉर्निंग सर!''
''गुड मॉर्निंग।''
''रात को आपका बहुत देर तक इन्तज़ार किया।''
''देर हो गई थी...बैठो।''

*सेक्रेटरी चाय बनाने लगा।*

''सुनो, जो ऑफ़िस से पेपर आए थे, वो साइन करके मैंने रख दिये हैं। वो लेकर तुम वापस चले जाओ। ध्यानसिंह को अपने साथ लेते जाना, उसकी मुझे ज़रूरत नहीं पड़ेगी और ऑफ़िस में कह देना, इन छुट्टियों में मुझको बिलकुल डिस्टर्ब न करें। मैं कब लौटूँगा, मुझे नहीं मालूम। और किरन से कहना, बिज़नेस ख़ुद ही सँभाल ले। कुछ पूछना है?''
''जी नहीं।''

*तभी अन्दर से कजरी बाहर लॉन में आई। डॉक्टर गिल ने पूछा :*

''जाग गई?''
''हाँ। कल रात साली बहुत चढ़ गई।''

*कहते हुए वह पास रखी कुर्सी पर बैठ गई। सेक्रेटरी ने उसे देखकर हैरत से आँखें फाड़ीं। डॉक्टर गिल ने उससे कहा :*

“तुम जाओ...जाने की तैयारी करो।”

*सेक्रेटरी वहाँ से उठकर चला गया। कजरी चाय बनाने लगी।*

“अंग्रेज़ी शराब साली बड़ी हरामज़ादी चीज़ है!”
“गाली मत दो।”
“शराब को दी है, तुमको थोड़ी।”
“शराब को ही सही, लेकिन लड़कियों के मुँह से अच्छी नहीं लगती।”
“लड़का हो या लड़की, गाली गाली है। इसमें अच्छा लगने की क्या बात है?”
“आज...चलो, आज तुम्हें नए कपड़े ले दें।”
“मेरे पास हैं। बक्से में रखे हैं।”
“फिर भी, और ले देते हैं।”
“ले दो यार, लेकिन मेरे पैसे में से नहीं कटेंगे।”

*डॉक्टर गिल ने हँसकर कहा :*

“बिज़नेस में बड़ी पक्की हो!”
“और क्या?...शरीर बेचकर जीना पड़े...तो मालूम हो!”

*कजरी ने बीड़ी जलाई और पीने लगी।*

“ये क्या कर रही हो तुम?”

*वह कुछ समझ नहीं पाई।*

“क्या?...”
“बीड़ी क्यूँ पी रही हो?”
“बीड़ी...बीड़ी तो पीती हूँ मैं।”
“पीती हो तो ठीक है, लेकिन यहाँ सबके सामने अगर न पियो तो कोई हर्ज है?”

"देखो यार, ये तो बहुत मुश्किल हो जाएगी। तुमने पैसा दिया है, ठीक है, लेकिन बीवी की तरह उठक-बैठक मत कराओ। बीड़ी मत पियो, गाली मत दो, वो मत करो! किस बात का पैसा दिया है, तुमको भी मालूम है, मेरे को भी मालूम है।"
"देखो, इतनी ही तलब है बीड़ी की, तो अन्दर जाकर पियो। बाहर नौकर-चाकर हैं, लोग देखते हैं। उनमें अगर मेरी इज़्ज़त कर लोगी तो मेहरबानी होगी, वरना नहा-धोकर बाहर चलते हैं। जो मरज़ी करना। मैं कहाँ मना करता हूँ!"

*कजरी खड़ी हो गई और जाते-जाते बोली :*

"इज़्ज़तदार आदमी के साथ अपनी बड़ी बेइज़्ज़ती होती है साला!"

*उसके जाने के बाद सेक्रेटरी आया और बोला :*

"सर, आपका ट्रंक कॉल आया है, कलकत्ता से।"

*सेक्रेटरी बोलकर चला गया। डॉक्टर गिल भी अन्दर चले गए।*

## [35]

*डॉक्टर गिल टेलीफ़ोन पर बात कर रहे थे :*

"हैलो...हाँ, बोलो किरन?...बस, ठीक हूँ।"

*इस बीच मिस्टर चावला अपने साथ मिस्टर मेहता को लेकर आए। हॉल में डॉक्टर गिल को फ़ोन पर बात करते हुए देखा।*

‘‘नहीं...पैसे हैं मेरे पास। ज़रूरत होगी तो मँगवा लूँगा।...और सुनो, माथुर और ध्यानसिंह को वापस भेज रहा हूँ...डोंट बॉदर, तुम साइन कर देना। ठीक है?’’

*फ़ोन रखकर वे चावला की तरफ़ आए। चावला ने कहा :*

‘‘सॉरी सर! सुबह-सुबह आपको डिस्टर्ब किया। आज मैं वापस जा रहा हूँ। सोचा, आपसे मिल लूँ। कलकत्ता से अगर कोई चीज़ भिजवानी हो तो मुझे बता दीजिए।’’

*कजरी अपने कोठे वाले कपड़े पहने हॉल में आ गई और डॉक्टर गिल को पुकारा :*

‘‘सेठ...अरे सेठ?’’
‘‘क्या है?’’
‘‘वो अपना कपड़ों का बक्सा कहाँ रह गया यार... रात को नशे में साला भूल गया।’’

*पास बैठे लोग कजरी को देखने लगे। डॉक्टर गिल की पोज़ीशन अजीब-सी हो गई।*

‘‘बाहर गाड़ी में पड़ा है। ड्राइवर से कहो, देगा।’’

*कजरी बाहर चली गई। डॉक्टर गिल झेंपते हुए चावला से कहने लगे :*

‘‘हाँ, तो...कब जा रहे हैं आप?’’
‘‘सोचा, आपसे मिलता चलूँ।’’
‘‘चाय पिएँगे?’’
‘‘जी नहीं...अब चलूँगा। मैं आपको ज़्यादा डिस्टर्ब नहीं करना चाहता। हैव ए गुड टाइम, सर!’’

*चावला और मेहता वहाँ से चले गए। सामने से कजरी अपना बक्सा लिये, डॉक्टर गिल के पास पहुँची और कहा :*

"मिल गया, गाड़ी में ही था।"

*डॉक्टर गिल ग़ुस्से में बोले :*

"तुम्हें इसी वक़्त पूछना था?"
"क्या हुआ?"
"कुछ नहीं...तुम्हारे पास कुछ और पहनने को नहीं है? कोई साड़ी?"

*कजरी चुप रह गई। कुछ सोचकर बोलने ही जा रही थी कि डॉक्टर गिल ने कहा :*

"तुम जाओ, तैयार हो जाओ। बाज़ार चलते हैं।"

*कजरी अन्दर चली गई। डॉक्टर गिल कुछ सोचने लगे।*

## [36]

*डॉक्टर गिल अपने पास साड़ियाँ फैलाए बैठे उन्हें देख रहे थे। कजरी हाथ-मुँह धोकर कमरे में आई। उसे देखकर कहा :*

"देखो, कितनी ख़ूबसूरत लगती हो! ख़्वामख़्वाह वो रंग-ओ-रौग़न थोप लेती हो—अपने मुँह पर।"
"अरे, तुम तो बिलकुल आशिक़ की तरह बात करते हो! ये तो साला कोई नहीं आज तक बोला।"
"उफ़!...ये साला बोले बग़ैर बात नहीं कर सकतीं तुम?"

"बुरा लगता है तो नहीं बोलूँगी यार!"

*खड़े होते हुए डॉक्टर गिल ने कहा :*

"इनमें से एक साड़ी पहने लो। कौन-सी पहनोगी?"

*बड़ी अदा से कहा :*

"जो तुम्हें पसन्द हो!"
"तुम पहन लो। मैं बाहर जाता हूँ।"
"बाहर क्यूँ जाते हो? तुम्हारे सामने पहनती हूँ।"
"मेरे सामने तुम्हें शर्म नहीं आएगी?"
"शर्म आए तुम्हारी बेटी को, मुझे काहे की शर्म? लोग कितना पैसा लगाते हैं इस शरीर का। हमेशा थोड़े ही रहेगा सा..."

*'साला' बोलने जा रही थी।*

"तुम पहन लो। मैं बाहर जाता हूँ।"
"मैं तुमको समझ गई।"
"क्या समझ गई?"
"तुम वो दूसरी तरह के आदमी हो।"
"दूसरी तरह का आदमी?"
"वही आशिक़-मिज़ाज। लड़की रखते हैं–सिर्फ़ घुमाने के लिए, शराब पीने के लिए, नाचने-गाने के लिए, है न?"
"हाँ, मैं वही दूसरी तरह का आदमी हूँ।"
"लेकिन तुमने एक ग़लती की यार!"
"क्या?"
"अगर चम्पा को चुन लेते तो बहुत अच्छा होता। वो बहुत अच्छा नाचती है। इतना सिखाया मुझे, लेकिन आया नहीं...तुमको दिखाऊँगी, हाँ!"
"अच्छा, पहन लो साड़ी।"

*डॉक्टर गिल ने कमरे का पर्दा बन्द किया और चले गए।*

## [37]

*थोड़ी देर बाद फिर पर्दा खुला। कजरी ने लाल साड़ी पहन ली थी और गाना गा रही थी।*
*डॉक्टर गिल को लुभाने की कोशिश कर रही थी :*

'मेरे इश्क़ में...लाखों लटके
बलम ज़रा हट के...बलम ज़रा हट के...'

*डॉक्टर गिल वहीं हॉल में बैठे कजरी को देख रहे थे।*

'मारूँगी आँख तो, नील पड़ जाएगा
बलम ज़रा हट के...बलम ज़रा हट के
मेरे इश्क़ में...लाखों लटके...'

*आवाज़ सुनकर नौकर भी उधर से झाँक रहा था।*

'सुतली से पतली है मोरी कमरिया राम
कमरिया से बाँधी है मैंने गगरिया
गगरिया न छलके।
बलम ज़रा हट के...बलम ज़रा हट के
मेरे इश्क़ में...लाखों लटके
बलम ज़रा हट के...बलम ज़रा हट के...'

*कजरी नाचते हुए घूमी तो चक्कर आ गया, और गाना रुक गया। डॉक्टर गिल ने पूछा :*

"क्या हुआ, चक्कर आ गया?"
"हाँ, थोड़ा-सा।"
"बस करो, बहुत हो गया।"
"अच्छा नहीं लगा?"
"बहुत ही अच्छा है।"

*यह कहकर वे दूसरे कमरे में चले गए। पीछे-पीछे कजरी भी गाते हुए गई :*

'बादामी रंग पे, कुर्ती शराब की, हाय
सैयाँ ने देखो मेरी आदत ख़राब की
मुँह से लगाना ज़रा हट के, हट के, हट के
मेरे इश्क़ में...लाखों लटके
बलम ज़रा हट के...बलम ज़रा हट के...'

*डॉक्टर गिल ने उसके मुँह पर हाथ रखके कहा :*

"बस करो कजरी!"
"तुम्हारे लिए तो कर रही हूँ। कितना पैसा ख़र्च करते हो मुझ पर!"
"मेरे पैसों की फ़िक्र मत करो। बहुत हैं मेरे पास। जितना चाहिए, माँग लेना।"
"मुझे क्या करना है! दो वक़्त की दाल-रोटी मिल जाएगी, बस... और क्या दारू नहीं पियोगे?"
"नहीं, आज नहीं।"
"तबीयत ख़राब है क्या?"
"नहीं। ज़रूरी थोड़े ही है, रोज़ पिए आदमी?"
"मैं तो नहीं रह सकती यार!"
"एक दिन छोड़ के देखो!"
"च...तुम तो यार, अपना धन्धा छुड़वाओगे। जब ये सब नहीं करती थी तब कोई न कोई साला आ

जाता था ज़बर्दस्ती ज़हर पिलाने के लिए। अब तन मारके सीखा तो तुम आ गए। तब क्यूँ नहीं आए?''

''कब?...''

''जब मैं छोटी थी?''

''तब नहीं आ सका, उसी का तो प्रायश्चित्त कर रहा हूँ।''

''उस वक़्त आते तो तुम्हारा-मेरा इश्क़ नहीं जमता।''

''क्यूँ...?''

''लेकिन मेरी माँ से जम जाता। वो भी बहुत ख़ूबसूरत थी, हाँ!''

*यह सुनकर डॉक्टर गिल की आँखें नम हो गईं।*

''क्या करती थी तुम्हारी माँ?''

''मरती थी, बस। बीस साल मरती रही, किसी हरामज़ादे...डॉक्टर के लिए। वो सब मत याद दिलाओ, साला...''

*कहते-कहते कजरी की आवाज़ नमनाक हो गई। वह उठकर खड़ी हो गई। आँखें आँसुओं से भर गईं।*

''मेरे ख़ानदान की बात कभी मत करना, पहले बोल देती हूँ!''

*कहते-कहते खिड़की के पास गई।*

''नंगों में बैठकर अब नंगा नहीं लगता मुझे। शरीफ़ लोगों में बैठकर अब...शर्म आती है। अपना नंगापन दिखने लगता है।''

''तुम ख़ुद ही तो नंगों में जाकर बैठ गई हो। जहाँ

से उठ के गई थीं, वहीं वापस चली आओ।''

*कजरी हँस दी :*

''वो चमार का क़िस्सा नहीं मालूम? दिन-रात चमड़े के बीच रहता था। इतर के बाज़ार से गुज़रा तो बेहोश हो गया।''

*डॉक्टर गिल उसके पास आए।*

''बहुत दिनों बाद गया था न, इसलिए। रोज़-रोज़ गुज़रेगा तो बेहोश नहीं होगा...''

*कजरी ग़ुस्से से भरी बीच में बोल पड़ी :*

''ज़रूरत ही नहीं साला। जिधर से जाने में ख़ुद को नंगा लगे, वहाँ क्या ज़रूरत है जाने की?''

*बोलते हुए कजरी दरवाज़े से निकल गई। डॉक्टर गिल बड़बड़ाने लगे :*

'इतर बाज़ार के इतने चक्कर लगवाऊँगा कि चमड़ों की बू भूल जाओगी कि कुछ और गलियों में भी रही हो। हमेशा से ये...'

*उसके निकलने के बाद नौकर अन्दर आया।*

''साहब, ये ग़ुसलख़ाने में रह गया था।''

*कुछ सोने के ज़ेवरात थे। गिल ने ले लिया और कजरी के पास पहुँचे।*

''ये तुम्हारा है?''

*पहचानकर :*

''हाँ...''
''ये मूँगा क्यूँ पहनती हो?''

“किसी ने निशानी दी थी।”
“किसने?”
“कोई था।”
“अब नहीं है?”
“हाँ, है। कहाँ है, कैसा है, वो नहीं मालूम।”
“नाम क्या है उसका?”
“कुंदन।”
“ढूँढ़ना है उसे?...ढूँढ़ना है?”
“तुम क्यूँ परेशान होते हो मेरी ज़िन्दगी के लिए? दारू पियोगे? गिलास लाऊँ?”
“हूँ।”

*कजरी चली गई। डॉक्टर गिल सोचने लगे।*

## [38]

*डॉक्टर गिल अपनी कार में चले जा रहे थे। साथ में कजरी भी अच्छी-सी साड़ी पहने बैठी थी। वह बोल रही थी :*

“अब तो इज़्ज़तदार लगती हूँ तुम्हारे साथ?”
“हूँ!”
“एक बात है यार, तुम अच्छे आदमी हो, लेकिन अपने काम के नहीं।”
“मतलब?”
“पहली बार औरत रखी है?”
“हूँ।”
“शादी-वादी नहीं की?”
“नहीं।”
“क्यूँ?”

"बहुत साल पहले की बात है। एक लड़की से प्यार किया था। वापस आकर उसी से शादी करने वाला था, लेकिन उन्हीं दिनों ऑपरेशन करते हुए मेरे हाथों एक आदमी की मौत हो गई।"
"तो...तुम डॉक्टर हो?"
"सर्जन हूँ...पुलिस केस हुआ। तीन साल की जेल हो गई। उसी शर्मिंदगी की वजह से न मैंने उसे ख़बर की और न वापस आया, न शादी की।"

*दोनों चुप हो गए। डॉक्टर गिल ने अपना कान खुजाया। यह देखकर कजरी बोल पड़ी :*

"कान मत खुजाओ, ज़हरबाद हो जाता है।"

*यह सुनकर डॉक्टर गिल ने अचानक गाड़ी रोक दी। बहुत साल पहले चन्दा का बोला हुआ जुमला फिर गूँजा। डॉक्टर गिल ने कजरी से पूछा :*

"तुम्हें किसने बताया, कान खुजाने से ज़हरबाद हो जाया करता है?"
"माँ...माँ ने बताया था बचपन में।"

*डॉक्टर गिल ने एक पल कुछ सोचकर फिर गाड़ी स्टॉर्ट की, और गाड़ी आगे चल पड़ी। कजरी ने पूछा :*

"कहाँ जा रहे हैं?"
"नीली घाटी...कभी गई हो वहाँ?"
"हूँ, बचपन में।"
"कैसी जगह है?"
"बस, दो ही जगहें याद हैं–एक करघाघर, जहाँ माँ

काम करती थी और दूसरा हस्पताल, जहाँ माँ मुझे लेकर जाया करती थी।''

''क्यूँ...?''

''डॉक्टरों से कहा करती थी, मुझे डॉक्टरी पढ़ा दें।''

''फिर...?''

''फिर क्या? यूँ ही बग़ैर पढ़े कोई डॉक्टर बन जाता है?''

''तुम चाहो तो अब भी पढ़ सकती हो। बन सकती हो डॉक्टर।''

''एक बात बोलूँ? मुझे डॉक्टर नाम से नफ़रत है। इतनी नफ़रत उस आदमी से भी नहीं जिसने मुझे रंडी बनाया, जितनी उस डॉक्टर से है। जिसके लिए मेरी माँ पागल हो गई थी। एक बार ज़िन्दगी में मिल जाता तो...''

''तो क्या करोगी?''

''क्या करूँगी, वो तो मुझे भी नहीं मालूम। लेकिन इतना जानती हूँ, जो करूँगी, वो बहुत बुरा होगा।''

*ग़ुस्से में कजरी के नथुने फूल गए।*

## [39]

*फ़र्श पर सब्ज़ियों की एक प्लेट आकर गिरी। महाराज और कजरी का झगड़ा हो रहा था।*

''उल्लू का पट्ठा! हरामज़ादा!''

''निकल बाहर! निकल बाहर!''

"नहीं निकलूँगी, नहीं...जा, बुला ले...जिसको बुलाना है।"

*धक्का मारते हुए कजरी ने महाराज को दरवाज़े से बाहर कर दिया। डॉक्टर गिल वहाँ पहुँच गए।*

"तुम दोनों लड़ क्यूँ रहे हो?"
"इस हरामज़ादे की मजाल है कि मुझ पर हाथ उठाए! सारे ख़ानदान को पीसकर रख दूँगी, तेरी तो मैं..."
"तुम चुप रहो कजरी, क्या बात है महाराज?"
"मैंने इससे कहा था कि रसोई में हाथ मत डालो। इसने मेरी मानी नहीं।"
"तू कौन होता है मना करने वाला? तेरे बाप का घर है?"
"देखा साहब? मैंने इसे मना किया। इसका हाथ पकड़ के बाहर किया, तो इसने मुझको माँ पर गाली दी थी।"
"आपने इसको अलग क्यों किया?"
"देखिए साहब, आपका मुँह देखकर इतने दिन से चुप हूँ। ये कौन है, हम अच्छी तरह से जानते हैं। हम इसके हाथ का छुआ नहीं खा सकते। अगर आप खा सकते हैं तो इसी से पकवा लें।"
"ठीक है, मैं इसी से पकवा लूँगा। आप जा सकते हैं।"
"आप ठीक नहीं कर रहे हैं साहब! आप जैसे इज़्ज़तदार आदमी..."

*बीच में ही डॉक्टर गिल ग़ुस्से में बोल पड़े :*

"मेरी इज़्ज़त आपको सँभालने की ज़रूरत नहीं है।

मैं ख़ुद सँभाल लूँगा। आप तनख़्वाह लेकर निकल जाइए।"

*महाराज कुछ बोला नहीं। यह सुनकर वहाँ से चला गया। डॉक्टर गिल ने कजरी के हाथों को देखा जहाँ खरोंच लग गई थी।*

"आओ, कुछ लगा देता हूँ।"

*दूसरे कमरे में डॉक्टर गिल ने कजरी के हाथ में दवाई लगाई और फिर कहा :*

"महाराज को तो निकाल दिया।"
"मरने दो साले को!"
"और खाना कौन साला बनाएगा?"
"मैं पकाऊँगी। मुझे क्या आता नहीं?"
"आता है?"
"खाकर देखो, भूल जाओगे हरामी के पिल्ले को!"
"अच्छा, ठीक है। जाओ, पकाओ।"

*कजरी वहाँ किचन की तरफ़ चल दी।*

## [40]

*कजरी किचन में आई। कुछ सामान, बर्तन इधर-उधर बिखरा हुआ था, उसको ठीक किया। जो साग कटा हुआ रखा था, उसको पकाने लगी।*

*किचन में डॉक्टर गिल भी आ गए और कजरी को काम करते हुए देखने लगे।*

## [41]

*दूसरे दिन कजरी को लेकर डॉक्टर गिल धोलपुर जा रहे थे। रास्ते में ही कजरी ने पूछा :*

"तुम धोलपुर जा रहे हो क्या?"

"शायद यही नाम है उस जगह का!"

"वहाँ क्या काम है?"

"है...एक आदमी को ढूँढ़ना है।"

"कौन है?"

"कुंदन।"

यह सुनकर एक पल को कजरी सोच में पड़ गई।

"क्यूँ?"

"काम है।"

"तुम्हें क्या काम है?"

"मुझे न सही, तुम्हें तो हो सकता है।"

"नहीं, मुझे कोई काम नहीं। मुझे नहीं मिलना उससे।"

"तुम कुंदन से प्यार करती थीं न?"

"तो...?"

"हो सकता है, कुंदन अभी भी तुम्हारा इन्तज़ार कर रहा हो!"

"इतने दिन कोई किसी का इन्तज़ार नहीं करता।"

"तुम्हारी माँ ने इन्तज़ार नहीं किया था एक डॉक्टर का? बीस साल?"

*यह सुनकर कजरी की आँख भीग गई।*

"एक बार मिलने में कोई हर्ज तो नहीं।"

"तुम नहीं समझते। मैं उसके क़ाबिल नहीं रही,

और मैं उससे कुछ छुपाऊँगी भी नहीं।''
''देखो कजरी, हो सकता है, उस डॉक्टर ने भी यही सोचा हो! और वापस नहीं आया। वो डॉक्टर अगर लौट आता कजरी, तो तुम्हारी माँ उसे माफ़ नहीं कर देती?''

*एक चुप्पी दोनों में ठहर गई। गाड़ी चलती रही। धोलपुर का साइन बोर्ड नज़र आया और गाड़ी अन्दर गाँव में मुड़ गई।*

## [42]

*एक घर के बाहर कजरी आकर खड़ी हुई। अन्दर से औरत आई।*

''कहिए?''
''कुंदन...कुंदन यहीं रहता था न?''
''जी हाँ...वो यहीं रहते हैं।''
''मुझे ज़रा मिलना है। उनसे कुछ काम था।''
''वो बाहर गए हैं काम से। मुझे बताइए, मैं उनकी पत्नी हूँ।''

*कजरी ख़ामोश-सी उस औरत को देखने लगी।*

## [43]

*फिर कार चली जा रही थी—डॉक्टर गिल और कजरी को लिये।*

"हूँ, तो शादी कर ली उसने! एक बात कहूँ कजरी? तुम भी किसी से शादी क्यों नहीं कर लेतीं? एक अच्छी ज़िन्दगी गुज़ारो तो..."

"अच्छा कोई नहीं रहने देता। माँ की कोख से कोई रंडी पैदा नहीं होती। बनाने वाले मिल जाते हैं। मुझे भी एक मिल गया था।"

"कौन?..."

"दीनू। मेरे बाप का भाई। बेटी-बेटी कहके बुलाता था और..."

"उस वक़्त तुम्हारी माँ कहाँ थी?"

"माँ को अपनी सुध ही कहाँ थी! वो तो पहले ही पागल हो चुकी थी।"

## [44]

*कुछ बीती यादों की तसवीरें कजरी की आँखों में तैर गईं :*

*कजरी और उसकी माँ चन्दा साथ खड़ी थीं। दोनों एक शक्ल की थीं। फ़र्क़ था तो सिर्फ़ उम्र का था। एक गीत गुनगुना रही थी :*

'छड़ी रे छड़ी, कैसी गले में पड़ी!'

*कजरी तार पर से कपड़े उतार रही थी। पास बैठे कजरी के चाचा दीनू ने कहा :*

"तू तो बिलकुल पागल हो गई चन्दा!"

*कजरी ने माँ से कहा :*

"माँ, अन्दर जाओ।"

*चन्दा अन्दर चली गई। दीनू कजरी को घूर रहा था। कजरी उसके पास आई और पूछा :*

''दीनू, तू फिर क्यूँ आया?''
''अरे, तेरे बाप का भाई लगता हूँ बेटी! चाचा, ताऊ कहकर बात किया कर। हमेशा तू-तू कहा करती है।''
''बहुत देखा है तेरा भाईचारा! सौ बार मना कर चुकी हूँ, यहाँ आने की ज़रूरत नहीं है।''
''अरे, अगर आता भी हूँ बेटी, तो तेरा भला-बुरा देखने को आता हूँ। देख, ऊपर बड़े हस्पताल में डॉक्टर से बातचीत कर ली है। ले चलकर चन्दा को भरती करवा दे।''
''मुझे पागलख़ाने में नहीं भेजना माँ को। मैं ख़ुद इलाज करवा लूँगी।''

*घर की सीढ़ियों से माली आ रहा था। कजरी ने आवाज़ दी :*

''मोती काका?''
''हाँ, बेटी!''
''मोती काका, मैं माँ के लिए दवा लाने जा रही हूँ। तुम ज़रा माँ का ख़्याल रखना।''

## [45]

*पगली चन्दा एक बक्सा खोले उसमें कपड़े देख रही थी कि दीनू उसके पास आया।*

''अरे, क्या पिटारा खोल रखा है चन्दा?''
''कजरी जब दुलहन बनेगी, ये पहनाऊँगी उसे।''

"अरे, तू कहे तो कल दुलहन बना दूँ! वो साली माने तब न!"
"अभी शादी कैसे करेगी?...पागल हो? पहले डॉक्टर तो बन जाए। जब डॉक्टर बनेगी न...तो...तो उसे ये दूँगी।"

*स्टेथेस्कोप दिखाकर बताया।*

"अरे, किस डॉक्टर के लिए ज़िन्दगी बरबाद कर रही है? मर-खप गया होगा वो कभी का...वो तो..."

*इस बीच माली की आवाज़ आई :*

"कजरी...कजरी...अरे, कजरी चली गई दवा लेने?"
"स्कूल गई है डॉक्टरी पढ़ने।"

*चन्दा ने बड़े उत्साह से बताया, और दीनू ने पूछा :*

"क्या काम है?"
"ठेकेदार साहब ऊपर बुलाइन हैं। आए तो ऊपर भेज देना।"

*यह कहकर माली चला गया, और दीनू बड़बड़ाया :*

'साला ठेकेदार...कब तक बचा के रखेगा उसे? मैं देख लूँगा। सीधी उँगली घी नहीं निकलता।'

## [46]

*जंगल के रास्ते कजरी माँ की दवाई लेकर आ रही थी। एक पेड़ के पीछे दीनू छुपा*

*कजरी की राह देख रहा था। जैसे ही कजरी पेड़ के पास से गुज़रने लगी, दीनू सामने आ गया। कजरी ने पूछा :*

"तू यहाँ क्या कर रहा है? क्या काम है तुझे?"

*दीनू कजरी के क़रीब होकर उसके चेहरे को छूने लगा। कजरी ने उसकी नीयत भाँप ली और पीछे हटकर तेज़ी से घर की तरफ़ दौड़ लगा दी। दीनू भी उसके पीछे भागा और उसे जकड़ लिया। खँडहर की टूटी दीवार के पीछे। दवा की शीशी गिर के चूर-चूर हो गई, उसकी इस्मत की तरह!*

## [47]

*आज भी कजरी छटपटा गई, जैसे दीनू से बचने की कोशिश कर रही है! लेकिन सामने डॉक्टर गिल को देखकर माज़ी से निकल आई और फिर आगे की ज़िन्दगी के मोड़ दिखाने लगी।*

"उसी दिन उठा के शहर ले गया वो मुझे। कई रोज़ बन्द कोठरी में क़ैद रखा और..."

*उससे आगे डॉक्टर गिल सुन नहीं पाए। और उठकर खिड़की के पास जाकर खड़े हो गए।*

"जिस दिन उजाला देखा, उस दिन बिक चुकी थी मैं। गंगू रानी के कोठे पर।"

*इतना सुनते ही डॉक्टर गिल के सब्र का पैमाना छलक उठा और उन्होंने ज़ोर से खिड़की पर हाथ दे मारा। खिड़की का शीशा चूर-चूर हो गया और गिल का हाथ ज़ख़्मी हो गया। कजरी उनके पास आई और पूछा :*

"ये क्या किया तुमने?"

"मैं...मैंने आने में बहुत देर कर दी। अगर उस वक़्त अपनी कजरी के पास होता तो..."

*नम आँखों से कुछ हैरत और दुख लिये कजरी उसके ज़ख़्म को देखने लगी, और उसके हाथों पर अपना चेहरा रखकर रोने लगी।*

## [48]

*सुबह का वक़्त था। बिस्तर पर डॉक्टर गिल सो रहे थे। बाहर से रोशनी उनके कमरे में आ रही थी। आँखें खोलीं, जँभाई ली। पास के बिस्तर को देखा, वह ख़ाली पड़ा था। कजरी एक ख़ूबसूरत साड़ी पहने हाथों में एक कप चाय लिये डॉक्टर गिल के पास आई और चाय देने लगी, फिर सोचकर बोली :*

"गुड मोर्निंग!"

"मॉर्निंग।"

*लेकिन फिर भी चाय का कप नहीं दिया और*

*सोचने लगी कुछ और कहने के लिए। डॉक्टर गिल ने उसे सोचते हुए देखा तो कहा :*

"थैंक यू! आज सुबह बहुत जल्दी उठ गईं?"
"तुम्हारे साथ तो मेरे दिन-रात ही बदलने लगे। रात को जल्दी सो जाती हूँ। सुबह जल्दी उठ जाती हूँ। आज सुबह ख़्वामख़्वाह पूजा करने को जी कर रहा था।"
"फिर कर लेतीं पूजा। आती है?"

*कजरी सिगरेट जला रही थी। डॉक्टर गिल की तरफ़ बढ़ाकर बोली :*

"सीखी ही नहीं...लो।"
"तुम पियो।"
"लो, तुम्हारे लिए जलाई है।"
"तुम नहीं पियोगी?"
"ऊँ हूँ...तुमको पसन्द नहीं, इसलिए सोचा, तुम्हारे सामने नहीं पियूँगी।"
"मतलब मैं नहीं होऊँगा तो पियोगी?"

*यह सुनकर कजरी दुखी हो गई।*

"क्या हुआ?"
"कुछ नहीं। भूल गई थी। तुम भी तो हमेशा साथ थोड़े रहोगे!"
"और अगर कहूँ कि हमेशा रहूँगा...तुम्हें हमेशा अपने पास रखना चाहता हूँ, तो?"
"जितने दिन हो, बहुत अच्छा है। सारी ज़िन्दगी का वादा मत करना। बहुत डर लगता है ऐसे वादों से। एक बार मेरी माँ से वादा किसी ने किया था, और दूसरी बार मैं किसी से वादा करके आई थी। अब..."

*आगे कजरी कुछ कह नहीं पाई। डॉक्टर गिल भी सोचते रहे—उन वादों के बारे में, जो उन्होंने चन्दा से किया और कजरी ने कुंदन से किया। कजरी अलमारी के पास गई, खोलकर देखा और बोली :*

"कितने सारे पैसे थे यहाँ, कहाँ गए? बटुवा भी...हाँ, मिल गया।"

*वह बटुवा हाथ में लेकर पैसे गिनने लगी। पास में डॉक्टर गिल सूट-बूट पहन रहे थे। कजरी ने हाथ के इशारे से बताया और कहा :*

"कितने सारे पैसे थे, अब इतने रह गए। ऐसे ख़र्चा करोगे, तो वापस जाने के लिए कुछ भी नहीं रहेगा।"

*यह सुनकर डॉक्टर गिल के चेहरे पर माज़ी फैल गया। कभी चन्दा ने भी इसी तरह बाज़पुर्स की थी। लेकिन फिर कजरी की आवाज़ आई :*

"थोड़े से पैसे रख दूँ सँभाल के?"

"कजरी, बहुत साल पहले, इसी तरह एक लड़की मेरे पैसे सँभाला करती थी। उस बार उसने भी मेरी वापसी के लिए साठ रुपए बचाके रखे थे। वो न रखती, मैं न जाता तो..."

*डॉक्टर गिल की आँखें नम हो गईं। प्यार से कजरी के सिर पर हाथ फेरा। कजरी कुछ सोचते हुए थोड़ा-सा आगे बढ़ी और बोली :*

''बहुत सालों के बाद बड़ा अजीब-सा लग रहा है। बहुत साल पहले जब कुंदन था, तो ऐसा लगता था।''
''कुछ कहा तुमने?''

*कजरी चुप रही। डॉक्टर गिल बाहर चले गए। कजरी उन्हें जाते हुए देखती रही।*

[49]

*घर में महाराज आया, जिसको कुछ दिन पहले निकाल दिया गया था। घर में उसने देखा, कोई नज़र नहीं आया। वह किचन की तरफ़ गया, जहाँ से कुछ आवाज़ें आ रही थीं। किचन में महाराज ने देखा कि कजरी कुछ पका रही है। आहट महसूस करके कजरी मुड़ी तो महाराज को देखा।*

''महाराज, कहाँ चले गए थे आप?...अब तक नाराज़ हो? मुझसे ग़लती हो गई थी, माफ़ कर दो न!''

*कजरी में बहुत बदलाव आ चुका था। बोलचाल और चाल-ढाल–सभी में।*

''मैं अपने कपड़े लेने आया हूँ।''
''वो तो नहीं मिलेंगे।''
''ऐं...''
''न कपड़े मिलेंगे, न तनख़्वाह, न छुट्टी। कुछ नहीं मिलेगा। देखो काका, ये घर तुम्हारा है। और इस घर के साहब भी।''

"हमारा यहाँ कुछ भी नहीं–न साहब, न घर। साहब ने तुमको घर सँभालने के लिए रखा है। तुम ही सँभालो।"

"हमें क्यूँ रखा जाता है? कैसे रखा जाता है? तुम्हें नहीं मालूम काका, कोई घर थोड़े ही देता है हम जैसियों को!"

"फिर क्यूँ यहाँ आई हो–एक इ़ज़्ज़तदार आदमी को ख़राब करने के लिए?"

"धन्धे के लिए आई थी काका! अब वही भूल गई। औरतों की तरह देखने लगी थी उसे। पता नहीं, ये कैसे जाग गया मुझमें! काका...काका, तुम वापस आ जाओ। मैं...कल चली जाऊँगी। तुम्हारे साहब का कुछ नहीं जाता, काका, मैं ही कहीं की नहीं रहूँगी–न घर की, न..."

## [50]

*कोठे पर गंगू बाई बैठी हुक़्क़ा पी रही थी। पास ही एक लड़का उसका पैर दबा रहा था। दरवाज़े पर खुटका सुनकर गंगू बोली :*

"कौन साला कमबख़्त आ गया इस वक़्त? चल उठ बे टुकड़े, देख ज़रा!"

*लड़के ने जाकर दरवाज़ा खोल दिया, सामने डॉक्टर गिल खड़े थे। गंगू ने देख लिया, बोली :*

"तुम...आओ सेठ...आओ, अन्दर आ जाओ! बैठो, बैठो!"

*पास रखी कुर्सी पर डॉक्टर गिल बैठ गए।*

''कहो, इस वक़्त कैसे आना हुआ? अभी तो पहले के ही पैसे ख़त्म नहीं हुए तुम्हारे!''
''एक...एक बात करनी थी आपसे, इसलिए। समझ में नहीं आता, कैसे कहूँ आपसे।''
''लड़की बदलनी है क्या?...ऊब गए कजरी से?''
''आप समझीं नहीं। बात ये है कि कजरी एक अच्छी लड़की है। किसी अच्छे घर की लड़की है। मैं उसे यहाँ से निकालना चाहता हूँ।''

*यह सुनकर गंगू ज़ोर से हँस पड़ी :*

''अच्छी-वच्छी कोई नहीं है इनमें। सब-की-सब रंडियाँ हैं। हाँ, धन्धा अच्छा कर लेती हैं सेठ...तुम सीधे-सीधे आम देखो और गुठलियाँ हमें वापस कर दो। उन्हें बीजने की कोशिश मत करो।''

*डॉक्टर गिल खड़े हुए और कहने लगे :*

''कजरी से कितना काम लेती हैं आप? कितना काम लोगी? और कब तक कमा लेंगी? पाँच साल, दस साल, पन्द्रह साल–उसकी सारी ज़िन्दगी से जो कमा सकती हो, वो मुझसे ले लीजिए।''
''तुम्हें कजरी ने भेजा है या...''
''उसे नहीं मालूम। उससे तो मैंने ज़िक्र भी नहीं किया। उसे मनाने के लिए भी...कैसे समझाऊँगा, कह नहीं सकता।''
''पागल मत बनो सेठ! ये भेड़-बकरियों की मंडी नहीं है। यहाँ मेरी बेटियाँ रहती हैं। तुम लोग बेच सकते हो अपनी बेटियों को, मैं नहीं बेचती उन्हें। वो बिकाऊ नहीं हैं।''

*डॉक्टर गिल ने अपनी जेब से एक चेक निकाला और गंगू बाई को देते हुए कहा :*

''ऐसी कोई रक़म जो सिर्फ़ आपने सुनी हो...लेकिन देखी न हो ज़िन्दगी में, वो भर लीजिए। मैं चुका दूँगा, लेकिन कजरी मुझे दे दीजिए। मैं आपके जवाब का इन्तज़ार करूँगा।''

*यह कहकर डॉक्टर गिल ने वह चेक गंगू बाई के सामने रखा और वहाँ से चल दिए। गंगू बाई उन्हें जाते हुए देखती रही।*

## [51]

*रात का वक़्त। कजरी अकेली बँगले में थी। रेडियो पर एक गीत आ रहा था, जो उसकी आज की ज़िन्दगी से मेल खा रहा था।*

'रुके-रुके से क़दम
रुक के बार-बार चले
क़रार लेकर, तेरे दर से बेक़रार चले
रुके-रुके से क़दम, रुक के बार-बार चले...

सुबह न आई कई बार नींद से जागे
थी एक रात की ये ज़िन्दगी, गुज़ार चले!
रुके-रुके से क़दम...

उठाए फिरते थे अहसान दिल का सीने पर
ले तेरे क़दमों में, ये क़र्ज़ भी उतार चले
क़रार लेके, तेरे दर से बेक़रार चले

रुके-रुके से क़दम
रुक के बार-बार चले!'

## [52]

*डॉक्टर गिल देर रात घर पहुँचे। हॉल में आए, कजरी को इधर-उधर देखा, वह नज़र न आई। बेडरूम में आए तो कजरी अपने पुराने कपड़े पहने हुए थी। यह देखकर वह ग़ुस्से में चिल्लाए :*

"ये क्या है?"
"क्या है?"
"ये क्या पहन रखा है?"
"कपड़े जो हमेशा पहनती हूँ। इसमें हैरान होने की क्या बात है?"
"उठो...उठके कपड़े बदल लो।"
"देखो, ये मर्दों की तरह हुक्म मत चलाना। बीवी नहीं हूँ तुम्हारी। क्या बुरा है इन कपड़ों में?"
"गन्दी लगती हो इनमें...लगता है, कोई...बाज़ारी लगते हैं ये कपड़े।"
"ये नहीं जानते, कहाँ से लाए हो मुझे?"
"देखो कजरी, मैं तुमसे कोई बहस नहीं करना चाहता, चुपचाप जाके कपड़े बदल लो।"
"वो नहीं सुना तुमने, कव्वा चला हँस की चाल, अपनी चाल भी भूल गया। मैं तो अपना धन्धा ही भूलने लगी थी। आज ज़रा धन्धे पर गई थी, इसलिए।"
"कहाँ गई थीं?"

"अपने गाहक के यहाँ। वो चौधरी याद है? उस दिन बैठे थे, तो आया था?"
"क्यूँ गईं...? क्यूँ गईं बाहर...? तुम्हें यहाँ क्या तकलीफ़ है? किस बात की कमी है तुम्हें? तुम्हें पैसे चाहिए? क्या मैं पैसा नहीं देता?"
"जानती हूँ...ये वक़्त तुम्हारा ख़रीदा हुआ है। तुम्हारे साथ बेईमानी नहीं करूँगी।"

*कजरी ने ब्लाउज़ से कुछ रुपए निकाले।*

"ये मिले थे। तुम रख लो।"

*यह सुनकर ग़ुस्से में डॉक्टर गिल ने कजरी का हाथ पकड़ा और खींचते हुए बाहर लाए और कहा :*

"निकल जाओ यहाँ से...तुम्हारा कुछ नहीं हो सकता। मैं कुछ नहीं कर सकता। कीचड़ से निकली हो, कीचड़ में ही रहोगी।"

*फिर नौकर से कहा :*

"मंगल, इसका जो भी सामान है, इसे वापस कर दो।"

*यह कहकर डॉक्टर गिल घर के अन्दर चले गए, और कजरी वहीं खड़ी चुपचाप रोती रही।*

**[53]**

*कोठे पर कजरी बैठी रो रही थी। उसकी सहेली चम्पा उससे रोने की वजह पूछ रही थी :*

"कजरी, यार, क्या है?...अरी बोल न?"
"कुछ नहीं रे...कुछ नहीं, रास्ता भूल गई थी चम्पा। मेरे...मेरे अन्दर अभी तक एक औरत जी रही है। मैंने सोचा, वो कब की मर गई, लेकिन जीती है वो। मेरा...मेरा माँ बनने को जी चाहता है चम्पा! माँ बनने को जी चाहता है चम्पा!"

*इस बीच चौधरी अन्दर आया। कजरी को रोता देखकर बोला :*

"लौट आई धन्नो हमारी?"

*कजरी उठकर दूसरे कमरे में चली गई। चौधरी ने चम्पा से पूछा :*

"कहाँ गई कजो?"
"आइए...आइए, लौट आई ससुराल से।"

*चौधरी भी पीछे चला गया।*
*कजरी ने कहा :*

"चल उठ...उधर बैठ।"
"क्या लग रही है साड़ी में! अरे सुचमुच उस बूढ़े ने तुझे दुलहन बना दिया! यूँ देखकर कोई भी तुझे घर बिठा ले!"
"चल उठ न...कुर्सी पर बैठ।"

*चौधरी ने कजरी को अपनी तरफ़ खींचा और कहा :*

"नया नौ दिन और पुराना सौ दिन। अरे यार, हम तो तुम्हारे बरसों पुराने यार हैं। वो आज है, कल चला जाएगा और हम हमेशा तुम्हारे हैं।"

*कजरी को उसकी हरकतों पर ग़ुस्सा आ गया।*

"सुन लिया न...चल हट यहाँ से!"

*यह सुनकर चौधरी को ग़ुस्सा आ गया :*

"उस साले दल्ले ने तो भाव बढ़ा दिये रंडियों के..."

*इतना सुनते ही कजरी ने चौधरी को एक झाँपड़ रसीद कर दिया।*

"दल्ला होगा तू...तेरे बाप का नहीं खाता वो। ख़बरदार उसे जो गाली दी!"

*गंगू बाई भी कमरे में आ गई थी। चौधरी ग़ुस्से में बिफर गया। और खड़ा हुआ, एक झाँपड़ मारा कजरी को। कजरी गिर पड़ी।*

"ढेले की साली रंडी, और बात करती है..."

*ग़ुस्से में कजरी ने उठकर चौधरी का गिरेबान पकड़ लिया :*

"क्या कहा?...रंडी होगी तेरी माँ! चल बाहर, निकल!"

*कजरी ने पूरी ताक़त से धक्के मारते हुए उसे कोठे से बाहर कर दिया। इसी झगड़े में कजरी के सिर में चोट लग गई। ये सब गंगू बाई देख रही थी, पर चुप थी। फिर कजरी के पास आई।*

"क्या हुआ?"
"गाली दे रहा था।"
"किसे?"
"उसे...जिसके साथ रहती हूँ आजकल।"
"वो क्या तेरा ख़सम लगता है?"

"नहीं...मेरा कोई नहीं लगता। वो चौधरी कौन होता है उसे गाली देने वाला?"

"लेकिन तुझे इतना बुरा क्यूँ लग रहा है? इससे पहले तो कभी नहीं देखा था!"

"इससे पहले कोई मिला भी तो नहीं था इस तरह। इतनी इज़्ज़त भी तो नहीं दी किसी ने। पहली बार किसी ने औरत की तरह देखा है मुझे, वेश्या की तरह नहीं। उसने अभी तक छुआ भी नहीं है मेरे जिस्म को। मौसी, वो सचमुच प्यार करता है मुझसे। उसके प्यार की हतक नहीं सह सकती।"

"कजरी, वो प्यार करता है तुझसे कि तू प्यार करती है उससे? तेरा सुर भी तो बदला हुआ है!"

*गंगू बाई ने कजरी के कन्धे पर हाथ रखा और कहा :*

"देख बेटी, इन कोठों की सीढ़ियाँ कभी किसी घर के आँगन में नहीं उतरतीं। इन कोठों से जाकर किसी लड़की को बसते नहीं देखा आज तक। किसी मर्द के बच्चे में इतना दम नहीं देखा। जो आता है, बहकी हुई साँस लेकर आता है। जब ताप उतर जाता है तो...लेकिन पहली बार कोई आदमी इतना खरा दिखाई दिया। इतना सच्चा सुनाई दिया। वो बूढ़ा तेरा, जिसके साथ रहती है आजकल, मेरे पास आया था वो। तेरी क़ीमत चुकाने।"

"वो यहाँ आया था?"

"हाँ...और ये ख़ाली चेक दे गया कि मैं कुछ भी भर लूँ। ये कभी नहीं हुआ बेटी, लेकिन लाखों-करोड़ों में एक बार कोई...एक भी बस गई...तो समझूँगी,

मैंने औरत होने का धर्म पूरा किया। अगर तुझे वो अपना ले, तो जा, चली जा। मुझे कुछ भी नहीं चाहिए। एक कौड़ी भी नहीं चाहिए।''

*गंगू बाई वह चेक कजरी के हाथ में रखकर चली गई।*
*यह सुनकर वह बेतहाशा रोने लगी और पास खड़ी चम्पा से कह रही थी :*

''चम्पा...मैं जाऊँ...मैं चली जाऊँ? एक बार...सिर्फ़ एक बार...पूरी औरत बनना चाहती हूँ। मैं अधूरी नहीं रहना चाहती।''

*वह सिर झुकाए रोती रही।*

**[54]**

*रात का वक़्त। डॉक्टर गिल पास रखे सामान को, जो कजरी की और कुछ चन्दा की निशानी थी, उसे देख रहे थे और धीरे-धीरे सिगरेट का कश लेते हुए सोचों में खोए हुए थे।*

**[55]**

*काफ़ी रात बीत चुकी थी। कजरी डॉक्टर गिल के बँगले में आई। इधर-उधर देखते हुए घर के अन्दर दाख़िल हो गई। हॉल में एक जामिद सन्नाटा था। सभी लोग सो चुके थे। कजरी कुछ सोचकर डॉक्टर गिल के*

*बेडरूम में गई। देखा, डॉक्टर गिल सो रहे थे। हाथों पर एक किताब रखी थी। शायद पढ़ते-पढ़ते आँख लग गई थी।*
*कजरी डॉक्टर गिल के बिस्तर पर बैठ गई। किताब उठाकर एक तरफ़ रखी और डॉक्टर गिल को ध्यान से देखने लगी। फिर अपने हाथों से डॉक्टर गिल के माथे को सहलाने लगी। फिर उनके हाथों को उठाकर चूमा। कजरी की आँखों में नशा था, सुरूर था प्यार का। डॉक्टर गिल जाग पड़े और पूछा :*

''कौन...कौन है?''
''तुम्हारी कजरी।''

*डॉक्टर गिल उठ बैठे और लैम्प जलाकर देखा।*

''तुम...अब यहाँ क्यूँ आई हो?...क्या करने आई हो यहाँ?''
''तुम्हें प्यार करने। अपना आप तुम्हें सौंपने।''

*कजरी कहते-कहते कुछ झुककर फिर डॉक्टर गिल की तरफ़ बढ़ी। ये देखकर डॉक्टर गिल ने एक थप्पड़ उसके मुँह पर दे मारा। वह बिस्तर के नीचे गिर पड़ी।*

''इस शरीर के आगे भी कभी कुछ देखा है?...सोचा है, पहचाना है किसी को? तुम्हारी माँ ने तुम्हें क्या इसी दिन के लिए जन्मा था?''

*कजरी कुछ समझ नहीं पा रही थी। डॉक्टर गिल आज ग़ुस्से के बहाव में बहे जा रहे थे :*

''इसी बाज़ार के लिए पैदा किया था तुम्हें? अच्छा हुआ, ये सब देखने से पहले चली गई चन्दा।''

*'चन्दा...!'*

*अपनी माँ का नाम सुनकर चौंकी। थोड़ा होश आया।*

''अगर वो उस डॉक्टर के लिए पागल नहीं हुई होती...तो तेरे लिए हो जाती... तू उसे पागल बना देती।''

*डॉक्टर गिल ने कजरी के क़रीब आकर पूछा :*

''चन्दा तुझे ये बनाना चाहती थी? ऐसे देखना चाहती थी?''

*डॉक्टर गिल ने ग़ुस्से से चन्दा का बक्सा खोला। उसमें से लाल चुनरी निकालकर दिखाई :*

''इसे जानती हो न? पहचानती हो न? ये प्रान्दे, ये दुपट्टे, ये सिन्दूर? ये सब देख रही हो?''

*कजरी ये सब फटी आँखों से देख रही थी, जैसे डॉक्टर गिल को पहचानने और समझने की कोशिश कर रही हो!*

''तुझे दुलहन देखने के लिए पागलपन में भी वो दहेज जमा करती रही, और तू...''

*कजरी बक्से के क़रीब आई जो उसकी माँ का था। उसमें रखी सब चीज़ें देखने लगी। फिर हैरत से डॉक्टर गिल की तरफ़ पलटी।*

''मैं कौन हूँ, यही पूछना चाहती हो न? मैं वही डॉक्टर हूँ—डॉक्टर अमरनाथ गिल, जिससे अपनी माँ का बदला लेना है तुझे। बोलो, क्या बदला

चाहिए तुम्हें?...कहो, क्या चाहिए?''

*डॉक्टर गिल ग़ुस्से में कजरी को घूरते रहे और कजरी की आँखों में आँसू जारी था।*

''नहीं...नहीं...नहीं!''

*'नहीं-नहीं' कहती कजरी तेज़ी से घर के बाहर निकल गई।*

**[56]**

*दूसरे दिन सुबह-सुबह डॉक्टर गिल कलकत्ता जाने के लिए तैयार थे। नौकर ने गाड़ी में सामान रखा। डॉक्टर गिल के हाथ में वही छड़ी थी जिसे जवानी में चन्दा के घर से लिया था। उसे गाड़ी की पिछली सीट पर रखा।*

''मंगल...!''
''जी साहब?''

*डॉक्टर गिल ने पर्स में से पैसे निकालकर दिये।*

''ये लो...।''

*डॉक्टर गिल गाड़ी में बैठे और ख़ुद ड्राइव करने लगे। गाड़ी घर से निकलकर बाहर गेट पर पहुँची, जो बड़े रास्ते से मिलता था। वहाँ रास्ते पर खड़ी कजरी उन्हें नज़र आ गई। डॉक्टर गिल ने गाड़ी रोक दी।*

*उसे देखा तो वह डॉक्टर गिल को ध्यान से देख रही थी, जैसे कुछ कहना चाह रही हो! डॉक्टर गिल गाड़ी से निकलकर कजरी के पास आए।*

"वापस क्यूँ आईं?...कुछ चाहिए मुझसे?...वो क्या है हाथ में?"

*कजरी ने हाथ में कुछ छुपा के रखा था।*

"क्या छुपाया है, देखें?"

*डॉक्टर गिल ने उसके हाथ से एक मुड़ी हुई फ़ोटू निकाल ली, जो डॉक्टर गिल की जवानी की थी। और कजरी ने रोते-रोते पूछा :*

"यही...यही हो न तुम, बीस साल मेरी माँ को इन्तज़ार कराया?...तुम्हीं हो जिसके लिए मेरी माँ पागल हो गई थी...जिसके लिए ज़िन्दगी उजड़ गई थी उसकी।... न वो बस सकी, न मैं। तुम्हारे लिए मैं भी बिक गई बाज़ार में। तुम्हारा ही दोष है सब। माँ...माँ कभी माफ़ नहीं करेगी तुम्हें, कभी नहीं करेगी..."

"हाँ, चन्दा, कभी माफ़ नहीं करेगी मुझे, लेकिन मेरी कजरी तो माफ़ कर सकती है मुझे। मैं जानता हूँ बेटी, मैं दोषी हूँ, पापी हूँ। इसीलिए बार-बार तुम्हारे पास आता था।"

*कजरी डॉक्टर गिल के सीने से लगकर रोने लगी।*

"तुमसे अपना प्रायश्चित्त माँगने बेटी! मुझे माफ़ कर दो बेटी! मेरे साथ चलोगी?...पीछे मुड़कर देखने

के लिए हम दोनों के पास कुछ भी नहीं है बेटी! चलो, मेरे साथ आओ!''

*डॉक्टर गिल ने कजरी को सहारा देकर गाड़ी में लाकर बिठाया और गाड़ी चला दी।*

*गाड़ी पहाड़ों के बीच से होते हुए दूर चली जा रही थी—उन्हीं रास्तों पर, उसी वादी में, जहाँ से कुछ अरसा पहले आई थी।*

**ख़त्म शुद**

# मौसम

**संजीव कुमार** : अमरनाथ गिल
**शर्मिला टैगोर** : चन्दा
**शर्मिला टैगोर** : कजरी (चन्दा की बेटी)
**ओम शिवपुरी** : थापा वैद्य
**दीना पाठक** : गंगू बाई
**टी.पी. जैन** : वैद्य
**आगा** : महाराज

**संगीत** : मदन मोहन
**कहानी** : कमलेश्वर
**गीत, लेखक, निर्देशक** : गुलज़ार

०००